SHANGHAI POETRY SOCIETY
上海诗词学会

上海诗词

心海诗潮

上海诗词系列丛书 二〇二一年第二卷·总第二十四卷

上海市作家协会/主管
上海诗词学会/编

SJPC
上海三联书店

《上海诗词》编委会

目录

诗国华章

百年丰碑

英烈侯绍裘

目录

春在东湾

海上诗潮

风云酬唱

迎新唱和

诗社撷秀

临港·书院诗社

松江·云间韵文社

诗苑纳新

云间遗音

观鱼解牛

目录

诗国华章

【百年丰碑】

● 周道南

建党一百周年献诗一首

华夏五千岁，党龄一百年。
几经沧海变，仍若磐石坚。
马列传中国，真理担两肩。
人民始觉醒，往事不如烟。
领导皆砥柱，巍然立山巅。
功成凭有志，行在勇当先。
如今全世界，争结炎黄缘。
长忆旧时日，慎勿安枕眠。

● 端木复

望海潮　谷雨抒怀

南湖镰斧，红船破雾，天翻地覆无双。何惧雨霜，常怀祖国，豪情凤翥龙骧。缨戟挽澜狂。解民倒悬苦，狮醒东方。锦绣家乡，百年腾起慨而慷。　铿锵战鼓昂扬。改开追梦路，同写辉煌。捉鳖五洋，擒龙海上，嫦娥揽月称强。高铁日延长。赞脱贫摘帽，奔赴康庄。魏紫姚黄富贵，全赖党阳光。

庚子谷雨，宝钢有建党百年诗歌笔会，填望海潮小词以抒怀。

● 纪少华

听七一庆典礼炮

炮响寰球震，隆隆一百声。
声声宣告里，世界向光明。

● 刘毛伢

瞻仰南湖红船

陆沉欲拯击中流，火种点燃由此舟。
旧世界皆成朽木，新青年正立潮头。
宣言共产千秋业，矢志生民万世谋。
莫道一湖天地小，终教赤帜遍神州。

● 范立峰

观建党百年庆典

礼炮震苍穹，旗升凌碧空。
银鹰喷彩雾，白鸽逐东风。
纪念碑前字，国歌声里忠。
天安门上立，领带每根红。

● 吴祈生

观百年党庆感怀

百年旗焰舞苍龙，今日狂歌旭日浓。
秀茂江山红着色，再新勋业上霞峰。

● 彭培炎

建党百年庆典有感

党庆百年生气萌，举拳四处誓言铿。
天安门上鸿猷展，满舵红船更一程。

● 季　军

聆听习总书记七一讲话

七一宣言再振鞭，芳华百载启新篇。
精神谱系吾赓续，为党而歌逐梦圆。

● 潘承勇

请党放心　强国有我

观首都百年党庆大会有感

晨晓广场成巨船，红旗百面迎尧天。
为寻新路期颐梦，不忘初衷重任肩。
前辈已经书锦绣，少年再起续华篇。
庄严承诺高擎手，请党放心薪火传。

● 张宝爱

观建党百年庆典有感

璀璨群星聚一堂，百年庆典日增光。
人民领袖真情发，肺腑衷言意韵长。
鼓乐喧天旗帜舞，锤镰闪耀虎威扬。
初心化作歌传唱，使命凝胸再起航。

● 孙可明

观看建党百年庆典

万方乐奏百花妍，千面红旗漫卷天。
大地飞歌华诞日，战机呼啸彩虹烟。
独凭信念成基业，为有牺牲祭烈贤。
后继青春知奋进，誓言接力续新篇。

● 黄俊民

观看建党百年庆典感吟

百年风雨百年程，斩棘披荆夺路行。
大纛紧随千万众，小康在望管弦声。
庆生吟处怀先烈，继往开来誓远征。
华夏曾经虎狼伺，而今强盛任纵横。

● 廖金碧

观看建党百年庆典感怀

繁花簇簇满京城，金句箴言深蕴情。
巨手指明天地亮，洪声震世虎狼惊。
新观念引新时代，新目标开新路程。
破浪红船图大梦，精神永在自盈盈。

● 苏开元

建党百年庆典有感

至多奋斗竟难成，幸有觉醒兴赤旌。
鼓浪红船千里远，舍身志士百年征。
旧朝颠覆可骄傲，新旅维艰多棘荆。
盛典长歌人事后，分明鼓角又鹏程。

● 左长彬

看庆党百年天安门广场大会盛况

炫丽广场朝日红，炮鸣百响震苍穹。
三军仪仗铿锵步，万众行歌浩荡风。
高耸城楼声入耳，低飞银燕影凝瞳。
彩球白鸽遮天舞，十亿同屏泪眼朦。

● 蔡涵芳

喜庆建党一百周年

百年伟业梦初同，镰斧先锋绘彩虹。
还记南湖敲雨夜，又瞻金水映霞东。
纵然青史英雄就，更有康平万众崇。
华夏复兴赢巨变，五星熠灿傲苍穹。

● 潘全祥

观看中国共产党成立一百周年大会直播

百声礼炮百年程，壮伟红旗九宇英。
万木中天花烂漫，群峰仰止日光明。
难忘党路艰辛事，不负人间冷暖情。
遥看东方风浩荡，康庄大道再长征。

● 侯建萍

春到人间

一

春到人间满目新，党恩犹沐胜三春。
百年使命初心在，一样精神百样亲。

二

一叶红船破浪行，急风吹帜逐时迎。
但留正气响寰宇，写就华章百世惊。

● 黄思维

纪念建党一百周年

红船驶出漫漫夜，历尽风涛见曙曦。
为有党人生死共，终成伟业斗星垂。
百年已是除民瘼，万里更看强国基。
今又启航行稳远，初心犹在励来兹。

除民瘼，指我国脱贫攻坚战取得全面胜利。

● 贾立夫

石库门的灯光

一百年前凄雨骤，山河泣泪梦难求。
渔阳史笔传星火，树德雄魂铸胜筹。

戎马嘶鸣惊鬼魅，沙场鏖战定春秋。
石门灯照初心在，看我中华志可酬。

渔阳里，陈独秀旧居，《新青年》杂志所在地；树德里，现为中共一大会址。两处均为上海典型的石库门建筑。

● 赵 磊

庆党百年华诞

石库门中聚凤麟，乡城厂矿火传薪。
乘从马列昭精理，代嬗英贤探道津。
旗绘锤镰乾象转，书宣纲领地天新。
百年奋厉成荣业，立党为公佑庶民。

● 金苗苓

党 员

宣誓党旗前，为民成一员。
先锋追理想，奋斗到终年。

● 赵振宇

绝句二首

5月22日，学会组织参观左联旧址。有感于二十世纪三十年代左联在中国共产党领导下，成为中国革命文学史上的一座丰碑。

一

文化骧腾黯故川，杀将白色齿寒边。
江东志士堪旗手，斗笔挥天战陆年。

二

己任担当笔作枪，千年文化尽忧伤。
左联小巷星光透，热血捐躯负杀场。

左联旧址在上海虹口区多伦路的一条弄堂里。

● 王建民

中共中央军委在上海史料陈列展

（1925～1933）

帷幄筹军石库门，大王到任举金幡。
天阴偏遇黄梅雨，梅出阳骄赤热园。

大王是指彭湃，毛泽东曾经称他为“农民运动大王”。

● 李文庆

南歌子　参观练塘陈云故居

一代清刚影，千秋明镜悬。先生本色练塘莲。万仞丰碑、风范矗人间。　浴血神州赤，茹辛伟业艰。凛然浩气忆当年。长使中华儿女梦明天。

● 张忠梅

墨甜粽香

读陈望道先生翻译《共产党宣言》轶事

料峭春寒分水塘，孤灯一豆亮柴房。
木床为案开新卷，哲思如潮涌曙光。
蘸墨当糖浑不觉，忧民报国总难忘。
宣言凝就胸中志，笔落霞腾万世章。

● 季　镔

产床颂

往圣先贤难创新，须开时代铁闸门。
苏俄革命炮声响，马列真经道义亲。
星火燎原出望志，红船斩浪闹乾坤。
产床诞下光辉党，倒海翻江决网尘。

● 李传芬

庆祝建党百年上海灯光秀

申江两岸绚灯光，为党庆生披盛装。
七彩霓虹流广厦，千姿景色映斜阳。
银河浩浩明珠闪，碧水迢迢远舶航。
万道云霞升紫气，神州梦想化辉煌。

● 庞　湍

瞻仰中共一大会址纪念馆

七月恰逢访产床，挈雏将妇热心肠。
诞生华夏金鸾凤，挺起炎黄铁脊梁。
冬尽春风回北斗，夜阑旭日照东方。
燎原星火简成炬，牢记初心任远翔。

● 祁冠忠

喜受光荣在党五十年纪念章感赋

入党欣逢五五年，徽章铸誉佩胸前。
人存信仰心方正，世重晚晴航不偏。
常对锤镰思往事，愧无功绩告先贤。
霜添两鬓初衷在，报国仍期再著鞭。

● 沈钧山

忆江南　赴高桥烈士陵园敬献花圈

穿驰出，风雨步高桥。忆昔扬尘旗染血，至今迎见气冲霄。心涌浪滔滔。

● 徐登峰

沁园春　庆祝中国共产党百年华诞

浊世茫然，路在何方？四海博求。拜经师姓马，群贤名共，弄堂描景，拯救金瓯。枪响南昌，井冈割据，蒋氏王朝终日愁。旌旗举，笑谈黄洋界，敌忾同仇。　　征程万里神谋，看宝塔巍巍延水流。率兵民剿寇，刀枪灭匪，江山重整，万众兴周。矢志前行，初心不改，浪恶风高善竞舟。瞳瞳日，庆百年华诞，续写春秋。

● 高晓红

望海潮　长征颂
纪念建党百年

百年华诞，千秋业绩，今朝纪念扬传。艰苦两年，长征万里，雪山草地追拦。前路障连连。尚跨过万水，翻越群山。八万红军，涉险勇闯鬼门关。　　焉知天地旁观。叹艰辛一路，困难多端。藤草做粮，云烟似被，抗围堵耐饥寒。终会聚言欢。忆英雄先烈，社稷豪贤。咏唱高歌一曲，岁岁寄新篇。

● 陶寿谦

沁园春　百年伟业

酒祝东风，猎击天狼，立定脚跟。问泰山雾迷，众芳芜秽；黄河咆哮，龙蛇屈伸。浩荡乾坤，开张胸胆，举首高歌主义真。旗开日，寄雄姿英发，扫净嚣尘。　　戎装骏马雄军，弄潮儿，涛头竞渡奔。忆卢沟烽火，倭寇阴魂；鸭绿战烈，抗霸援邻。脱帽脱贫，小康加冕，万里长征古新。登高处，愿党旗引领，国被长春。

【英烈侯绍裘】

● 胡晓军

建党百年怀侯绍裘烈士（其一）

才离海浦恶涛中，又赴金陵血雨风。
严父温柔别稚子，文雄慷慨向刀丛。
钱财尽散了无憾，革命力行唯有衷。
只为人生不为己，为将大众脱牢笼。

（1）侯绍裘1927年4月自沪至宁工作，10日深夜遭国民党右派逮捕并被乱刀杀害，时年31岁。侯当晚离家外出开会时，妻子送至门外，九岁幼子扯其袖道：“爸爸别走！”侯安慰道：“你们不要怕，我会回来的。”

（2）侯绍裘出身松江地主家庭，家道殷实，少小聪颖，考入上海南洋公学攻读土木工程，各科成绩皆为全班之冠；后因反对校方“尊孔读经”，率同学劈碎孔子牌位，被校方勒令退学。

（3）侯绍裘1921年曾变卖家产，与人合作接办了松江景贤女子中学，任校务主任，开展妇女教育活动。1924年受聘任上海大学附中主任，要求学生认定“一个人不是为一己而生”，而是要“以最大多数人之最大幸福为人生最终目的、最大责任，而以尽此责任为荣”。“五卅运动”爆发后，侯绍裘任上海大学学生总指挥，开展反帝爱国运动。

建党百年怀侯绍裘烈士（其二）

少岁生逢国事艰，担当已上两眉关。
相兼两党谋相济，不破三山誓不还。
而立纵情燃野火，期颐回首慰澄寰。
当年此路修而寂，他自云间到世间。

侯绍裘（1896—1927），松江人。1921年加入国民党，1924年加入共产党，为松江县第一位共产党员，目的皆为打倒封建主义、帝国主义、官僚资本主义“三座大山”，谋求民族解放、人民幸福、国家富强。

● 杨逸明

谒侯绍裘烈士雕像

太平时日访云间，追忆先驱岁月艰。
汉白玉雕身峻拔，秦淮河染血阑斑。
校园笑语圆君梦，世界风涛矗我山。
来鞠三躬缅怀久，沉吟暮色竟忘还。

侯绍裘，江苏松江（今属上海市）人。“五卅”爱国运动参与和领导者，松江最早的中共党员。被捕后被反动派秘密用乱刀戳死，装入麻袋，投入秦淮河。解放后，追认为烈士，松江县人民政府立碑纪念。1987年，建半身汉白玉雕像于松江第二中学（即烈士曾就读的江苏省立第三中学）校园中。

● 李建新

浣溪沙　缅怀先烈侯绍裘

碑立云间忆俊才，追寻真理棘丛开。当年碧血洒秦淮。　　烈火送将长夜去，明星迎得曙光来。先驱无数赴泉台。

● 刘鲁宁

读侯绍裘烈士事迹有感

河畔当年忆墨樵，春愁国恨两萧萧。
英魂已化云间月，长为秦淮生夜潮。

● 张青云

仰怀侯绍裘先烈

岐嶷称隽士，少小出云间。
救国身先许，匡时志岂闲。
丹忱昭日月，碧血洒江关。
新貌华亭靓，英灵傥可还。

● 姚国仪

祭松江英烈侯公绍裘

一

五卅街头血溅身，武装起事运筹人。
云间自古多英烈，大节凛然惊世尘。

二

毋忘先烈斗凶顽，骇浪危途只等闲。
今有后人来祭奠，九峰三泖泪潸潸。

三

河水溶溶带血流，平生肝胆耀神州。
百年风雨辉煌史，大写一人侯绍裘。

● 许丽莉

缅怀侯绍裘

一

少小学勤思变法，家园贫弱为何般。
捣焚旧礼寻民主，救国宣言日夜殚。

二

奋领劳工三起义，新伤又覆旧牢痕。
今朝身死不为惜，明日骄阳照血幡。

● 杨毓娟

纪念革命先烈侯绍裘

几多风雨几飘摇，拾梦华亭气势骄。
为问农工情切切，心牵女校路迢迢。
人间风雨沧桑事，千古星霜壮志销。
敢遣身躯辞黑夜，拼将主义向今朝。

● 裘新民

怀侯绍裘

入党谋天下，松江第一人。
罢工救吾国，反蒋济斯民。
何惜头颅重，因知主义真。
而今怀烈士，天地有昆仑。

● 陈繁华

先烈侯绍裘

信义多人杰，华亭士孰贤。
二中仍卓尔，群运亦岿然。
济世图新策，匡时革旧天。
相承英烈志，祝酹奠君前。

● 郭云财

缅怀先驱侯绍裘

风雨如磐国运凋，英雄奋力揽狂潮。
身融时代心无悔，血荐轩辕气亦骄。
此去泉台招旧部，梦回故里赏新谣。
今朝天地随君愿，绿水青山奠墨樵。

● 王　云

怀侯绍裘

云间多义士，青史照佳名。
干戚当常舞，微枝亦永擎。
唯思吾土固，何惜子同卿。
古意因君起，翻书见苌宏。

● 秦史轶

应嘱试咏侯绍裘先烈

故国飘摇四海秋，问谁结伴死生由。
景贤闻道几星火，乐益怜君汇巨流。
旗正朱灯迎北伐，公才金玉惜南囚。
风吹春树神州赤，应铸新铜立绍裘。

● 范立峰

纪念革命先烈侯绍裘

华亭自古出英雄，光耀侯门立二中。
志大誓言除鬼魅，才高报国震苍穹。
九峰犹见鼓鼙动，三泖相期兵甲攻。
不畏投江持节气，秦淮血染映天红。

侯绍裘烈士纪念碑今立于松江二中。

● 潘全祥

缅怀侯绍裘烈士

党业初开际，云间第一人。
才高何负众，路险亦争春。
喋血华年正，惊天信仰真。
花红今更好，朵朵是鹃神。

● 苏开元

纪念侯绍裘烈士

英年捐大业，乱世震雷霆。
工运兴澎湃，学潮呼觉醒。
命悬战宁沪，血沃润华亭。
崇仰长歌泣，先驱照汗青。

● 吴祈生

缅怀先烈侯绍裘

挹掬松江淬利锋，高歌舞剑战寒冬。
秦淮染血流千古，挺起苍山一柱峰。

● 金嗣水

缅怀先烈侯绍裘

松江潮水荡陈尘，主义追求第一人。
创办周刊医故国，宣传真理救贫民。
微躯慷慨留清气，壮志凛然甘献身。
赴死金陵天地泣，高碑祭拜敬先仁。

● 彭培炎

缅怀共产党员侯绍裘烈士

未曾克绍反箕裘，崇信锤镰志愿酬。
真理宣传何日辍，世人幸福毕生求。
领头工运勇争抗，遇难暴行卑寇雠。
回望九峰山下路，先驱碧血仰千秋。

● 周洪伟

缅怀先烈侯绍裘

忧愤犹争宝剑寒，投身革命志如磐。
清晨贼首屠刀举，四月鲜花遍地残。
别妇抛雏赴危难，披心沥血入波澜。
云间英烈千秋颂，功绩荣光映牡丹。

● 江菊萍

缅怀侯绍裘烈士

岁月沧桑旧换新，山川锦瑟故情真。
才高引领兴贤业，意远追随正气身。
血染忠魂悲夜雪，沙埋义骨忆烟尘。
缅怀誓志松江府，入党先行第一人。

● 张耀明

沁园春　侯绍裘

顾绣丝柔，鲈鱼味美，卤蛋誉隆。又唯多水秀，江南仅有；另余山软，塞北非同。人却刚强，名犹显著，忠勇堪骈陈子龙。年轻矣，赞宁迎凶戟，亦守初衷。

风云百载眸中，自建设成于革命功。忆潮高五四，要除国耻；党鸣七一，为救民穷。十里洋场，六朝京府，手执旗红映碧空。今祭拜，见栩然雕像，笑对花丛。

● 张心忻

菩萨蛮　缅怀侯绍裘烈士

华亭远饮松江水，青山共寄先贤志。烈汉血殷殷，丹枫雨泪雯。　此生谁说短，日月光同璨。七月又开元，百年兴阊门。

● 廖金碧

鹧鸪天　缅怀先烈侯绍裘

奔走呼号举赤旗，青春许国显雄姿。侯郎喋血山河泣，吴越遗风日月悲。　三泖浩，九峰嶷。秦淮河祭雪霏霏。芦花色白黎民泪，化作心头一座碑。

春在东湾

● **胡晓军**

春在拟古

辛丑二月访东湾吴建好君。吴君以陈佩秋先生“春在”墨宝见示，为题命笔。始知宋人张镃《春在》诗云：“春在将回暑，晴开尚带阴。佳时从易过，闲日尽能禁。卧室宜重立，浮鱼乐又沉。有诗无亦好，争似有时心。”遂拟古数首以应。

其一　春之在沂

书中曾羡咏归客，也慕舞雩台雨霏。
春在有朋无也好，自随夫子浴乎沂。

《论语·先进》：“子曰何伤乎，各言其志也。（曾皙）曰，暮春者，春服既成，冠者五六人，童子六七人。浴乎沂，风乎舞雩，咏而归。夫子喟然叹曰，吾从点也。”

其二　春之在雨

柳梢叶细风裁出，只宜近观遥看无。
春在有晴无也好，随风潜夜润如酥。

贺知章《咏柳》“不知细叶谁裁出，二月春风似剪刀”。杜甫《春夜喜雨》“随风潜入夜，润物细无声”。韩愈《早春呈水部张十八员外》“天街小雨润如酥，草色遥看近却无”。

其三　春之在花

才辞细雪别寒雨，观罢晚梅赏早樱。
春在有诗无也好，千红万紫即心情。

朱熹《春日》“等闲识得东风面，万紫千红总是春”。

其四　春之在茶

暖风二月入新芽，吹释冰泉好煮茶。
春在有花无也好，壶开香远漫嗟呀。

其五　春之在年

屠苏渐暖香风入，笑语千家更漏迟。
春在旧年守岁夜，老街竹报听多时。

王安石《元日》“爆竹声中一岁除，春风送暖入屠苏”。古人大年初一有饮屠苏酒以避瘟疫的习俗，此处借指新冠疫苗接种逐渐普及，天候转暖病毒退避，皆为春风消息。上海郊区老街可燃烟花爆竹。

其六　春之在风

东君总似太从容，未着桃枝犹忆冬。
春在一池烟水里，几分吹皱几分浓。

冯延巳《谒金门》“风乍起，吹皱一池春水”。

其七　春之在梦

不闻窗外鸟空啼，莫管夜来风雨凄。
春在甜眠酣梦里，晴舟载酒到花溪。

杜甫《春晓》“春眠不觉晓，处处闻啼鸟。夜来风雨声，花落知多少”。

其八　春之在诗

几时酒醒最难知，却见玉兰第一枝。
春在还寒乍暖处，若生诗意未成诗。

李清照《声声慢》“乍暖还寒时节，最难将息”。

其九　春之在星

转回斗柄夜飞驰，不惯望星人未知。
春在鸟声转婉处，更于山色透青时。

其十　春之在书

元知文字象形生，又道诗中有画情。
春在千年笔墨里，持书放眼咏而行。

又：春在东湾

当年此谓乌泥泾，访古依然草色青。
黄母慈心传织艺，邹君血气化英灵。
田园邀客忘情写，山水抱琴倾耳听。
春在东湾又八载，花香室雅小兰亭。

黄母，黄道婆；邹君，邹容。

● 褚水敖

春之在心二首

一

又值新花放纵时，联翩浮想转深思。
终消寒色方圆梦，正沐温馨必赋诗。
江绕山前水碧绿，风来天上雨真知。
欣观春在因缘在，万物由心运气滋。

二

春在心间兴奋时，嫣红姹紫化情思。
志存高远凌云志，诗寄悠长动地诗。
重展宏图君静念，更求大雅我深知。
人生新路从今始，蓬勃精神日日滋。

● 茆　帆

春在东湾三首

一

春在东湾暖意生，花枝一路正纵横。
辨茶味觉清明近，香气清心已半醒。

二

春在琳琅画艺间，万千红紫到东湾。
料知格物参禅意，见此名山不是山。

三

春在舌间微觉甜，滔清无尽透重帘。
痕留昨夜轻醪雨，细听墙边笋露尖。

● 李建新

春在东湾

一

庭轩满目是琳琅，诗意无须觅远方。
常聚锦心和绣口，窗扉透出尽春光。

二

花含笑靥柳含娇，燕引诗情上碧霄。
走进东湾灵感动，心中顿觉涨春潮。

三

又逢芳树一番新，紫万红千醉煞人。
艺术之花不凋谢，东湾四季满园春。

鹧鸪天　春在东湾

烟雨披红万树间，东风染绿柳塘边。鸟吟旋律酬新日，花展云霞满小园。　　天布景，客开颜。踏莎行草到东湾。欲寻诗意无须远，最美春光在眼前。

● 王丽娜

清平乐　春色

春色开处，袅袅机梭度。经纬璇玑凭丝缕，雪态临风谁顾。　　女伴共话桑麻，福田自种人家。还记从前滋味，微甜正是年华。

春色东湾

几时春色东湾到，截取诗情一片来。
红紫万千泾彩事，文潮缘共浪潮开。

● 杨毓娟

春　在

杏李相携傍竹丛，殷情深浅小园中。
笑谈何处春常在，恰是东湾岸上风。

踏莎行　春在东湾

春在东湾，江南庭院，海棠初雨桃花片。小池锦鲤自悠闲。依依游逐堪相恋。　　新茗明前，黄芽金线，华堂满挂书家卷。谓言笔墨几多姿，风情半在如无间。

● 沈护林

春在二月赏东湾之美

一

春在枝头别有香，探幽骚客聚华堂。
东湾喜见花千树，沐浴熏风吐蕊忙。

二

迎风游客醉朝阳，春在郊原遍地香。
最是东湾多好景，鸟鸣人咏兴犹长。

● 陈繁华

春在江南

江南春在野，墨客话今朝。
岸上人回首，池前柳折腰。

草因萌处觉，花乃盎时娇。
老圃香潜度，新村绿已飘。
年华流水急，乡语别情消。
林密凭晨鸟，滩空任晚潮。
长街灯自远，小镇酒相邀。
画展经年渐，书生一路遥。
参诗劳有趣，酌句解无聊。
赏景身何处，东湾立小桥。

春在墨香

春在东湾撷一枝，几多书画入新诗。
凭谁借得丹青手，大道毫端任竞驰。

春在心怡

春在东湾品墨花，情怀韵事已添加。
铺条小径宜留影，建个长廊好枕霞。
水带清高能脱俗，云含雅淡自升华。
林园几点新红色，不及垂杨透绿纱。

回文诗：春在复句

遒然自在业耘耕，好建吴泾一子成。
流水逐湾东点缀，起风随处此轻盈。
楼层树立图书展，苑画扶持翰笔行。
头举日高凭眼望，浮云片白有余清。

【回文】

清余有白片云浮，望眼凭高日上头。
行笔翰持扶画苑，展书图立树层楼。
盈轻此处随风起，缀点东湾逐水流。
成子一泾吴建好，耕耘业在自然遒。

画堂春 题春在

东湾岸上石阶延，翻新老厂房前。文坛艺圃展清妍，锦绣诗笺。 一镇春风拂面，一园池水沿边。传承绝学鹤冲天，得誉能贤。

踏莎行 春在心

岸上垂杨，阶前细草。公园雀跃一声早。东湾艺术画诗情，七年成就知多少？ 国学延昌，吴泾建好。江南色满和晴绕。诗声唤集韵中人，风流模样春知道！

● **姚国仪**

春在东湾

一

白云时去又时还，燕语呢喃柳叶间。
今问华泾佳景处，敢言春色在东湾。

二

人生不易自心明，创业艰难破浪行。
借得申城二分地，会盟天下起峥嵘。

春 信

风起雨前连日寒，一江横隔影成单。
黄衫不觉人生短，白发方知世道难。
蝶恋林丛花灿灿，瀑飞云岭雾漫漫。
春泥散发春消息，终有芬芳绕玉阑。

● 邹　平

春在即兴

寒风吹白雪，润物入荒田。
梅树著花傲，野凫嬉水怜。
草晴山水外，春在有无边。
岸上千重绿，江南细雨绵。

春在江南

江南日暖百花浓，春在东湾史志中。
织布黄婆名誉国，邹容革命卒称雄。
名家墨字清奇骨，文院临江气势虹。
喜有吴君开雅集，桃花十里尽熏风。

海上诗潮

● 徐非文

玉楼春　紫砂壶

黄龙山下砂泥土，细细陶来先整塑。几经妙手巧雕琢，浴火重生应可度。　　壶心虽小能容物，肚里文章香馥馥。也曾埋没许多年，天降我才终不负。

临江仙　游锦溪杂咏二首

一

万顷金波连碧浪，半晴半雨湖光。廊桥无语梦方长。水从脚下过，人立水中央。　　老巷骑楼游未足，忽闻酱肉飘香。始知辘辘唱饥肠。酒家何处有，隔岸问船娘。

二

三十六桥湖上卧，蟾光似水悠然。几番圆缺噬流年。当时明月在，不复照从前。　　物是人非皆定数，涛声最是连绵。他乡客正抱愁眠。曾经多少梦，跌落碧波间。

● 陈鹏举

立　秋

榆钱此日始熔金，野旷入秋无寸阴。
相忘鱼埋江海骨，独惊雁过驿桥心。
诗文除却牵累浅，老病由来托慨深。
白露浮江北窗下，蛩声不住遍寒林。

万　叶

万叶菩提长落笔，前生曾录法华经。
门墙霜磬时分白，檐瓦僧衣寸尺青。
花落如来原泡影，水流无住忽忘形。
轮回旧国山河里，满钵清思是涕零。

● 张青云

南桥至青村道中赏樱花有作

涨雪千株势浩茫，奇妍微觉胜扶桑。
倚风玉萼浑如醉，堕雨红绡漫欲狂。
落溷有时伤枕藉，飘茵无奈感苍凉。
生憎芳恻随春尽，陌上蹊边总断肠。

咏吴塘村明代古牡丹

依然秾艳殿残春，泫露幽花劫后身。
瓣缬绮霞犹带媚，影笼香雾自含颦。
无双国色居深圃，第一芳姿茁软尘。
四百年来精爽在，岂因富贵减风神。

游海湾国家森林公园牡丹园

玉颊檀心韵自长，又从婺尾赏红芳。
杨妃被酒颜尤媚，太白哦诗意更狂。
万蕊含烟生绝色，千枝裛露散浓香。
花光似海销魂处，奚必寻珍到洛阳。

● **黄福海**

月夜思远三首

一

瘴疠压城旬月多，道封江汉鸟难过。
琴台谁谓知音少，夜听英雄唱楚歌。

二

春寒夜永倍思忧，闲处无心望玉钩。
几度梦随黄鹤去，沉沉烟雨锁江楼。

三

鹦鹉洲前芳草晴，感君逆溯济苍生。
请看双眼无眠夜，紫气冲天剑匣鸣。

庚子夏访宜兴紫砂博物馆

玲珑百态变无穷，反侧诗书一体中。
盘薄紫泥抟大气，悠游云色启鸿蒙。
笔传万象唐风韵，火入单刀汉篆功。
且向人间借滋味，乾坤岁月自圆融。

● **喻　军**

行香子

六气晦明，舒啸难平。叹黄昏遮没伶俜。往来几案，光景虚盈。付一时风、片时雨、半时晴。　　性自空灵，淡薄时名。恍留待隔世余馨。花开花谢，犹有浮萍。忆那冰雪、那圆月、那流星。

小重山

带水襟山思旧游，莫谈千里外，隔三秋。闲时常向小园楼，人悄立，待雨黯然收。　　疏脱欲何求，圆方天与地，看蜉蝣。只缘身系一浮桴，须畅意，歌罢到中流。

菩萨蛮

重云更与青山叠，迥然一片林间雪。小坐忆峨眉，游心何去迟。　　市桥人孑立，犹待春消息。千里只兼程，不惟花下停。

上西楼

浅春遐举远踪，一飘篷。遥接五湖烟雨洞庭风。　　从来事，都如是，水流中。过眼古今人物与谁逢？

● 纪少华

立　春

欲牵牛首春先立，情绽蜡枝阳已苏。
笔上风来蕴雷电，东君催我绘新图。

题郑成功雕像

手握雄图立海边，鞘腾剑气怒冲天。
若闻击鼓惊涛上，君耸如峰岛似船。

上海元宵夜

不夜海天灯似潮，申江龙舞月珠昭。
星花灼灼开千树，玉盏盈盈醉一宵。

展目神州情愈炽，抒怀雅墨志多骄。
春涛弦上弹新曲，溢彩魔都庆舜尧。

● 刘毛伢

古原草

披离原上草，造化自神工。
劲发雪霜后，魂由刀火中。
生当一春碧，死也满天蓬。
参透荣枯日，何须唱大风。

忆

我娘做饭灌茶瓶，鸡叫三更天未明。
独在田间行路早，回望岭上是残星。

当年大学开学日为赶赴州府搭乘轮船东下，母亲起早为余做早饭，临行反复叮咛余一路小心。

参观南京总统府旧址

隔岸波涛七十秋，人心难度是因由。
调和鼎鼐庙堂事，相阋屋墙兄弟仇。
陆上风云终旧梦，岛中烟雨正新忧。
何须反向渐行远，台海时时浪不休。

过雪窦山弥勒佛

一笑恩仇似已遥，劫灰历历土成焦。
钱塘浪起宋何在，函谷风过唐早消。
几只寒鸦宿湖柳，半行残篆忆云雕。
野花零落倏然去，只剩空山守寂寥。

● 顾方强

近读苏东坡传感遇有二

一

绮语享流离，逍遥乐水湄。
平生奇竹石，鸿旅伴诗词。
才俊欧阳许，悲欣五柳知。
崎岖千万路，谈笑任天涯。

二

午后西风作，沙沙木叶纷。
欲眠诸故事，相扰是今闻。
抬眼东坡志，凭窗五色云。
余光千种暖，庇我以幽欣。

● 刘笑冰

庚子岁末吟

岁月知持正，青春吝赐同。
花生云鬓里，智掖皱纹中。
静习尘烟渺，卷开清气隆。
南山枝已老，犹且趁东风。

台　风

风雨奏交响，齐鏖百万兵。
兴狂天捅漏，气涨屋夷平。
岂料铁销骨，早知花折茎。
虽言人可斗，且待日光明。

行香子　荷

粉面停云，翠盖裁裙。浴初罢、仙子妆新。凌波尘绝，花里称君。竟十分娇，十分雅，十分真。　　红衣尽褪，残叶披纷。恰天然、水墨图珍。藕藏心苦，枯损丰神。问为谁愁，为谁瘦，为谁颦？

● **冯　如**

初春游虎丘

春阴都把丽姿藏，一片寒云迫翠冈。
蓄势千年危塔睨，寻踪无数剑池凉。
易骄王气摧功业，长恨丹心弃陌荒。
鬓白山花能入意，望中新柳染桥黄。

清平乐　在云端

长空如洗，雪浪迎晴砌。踏破冰湖天马掣，巡礼琼山静美。　　俄而风卷芦秸，劳心渐困蓬莱。向晚霓衣初褪，依然明月江淮。

西江月　初春

雨洗一天尘息，夜开百种春花。或如金谷焕烟霞，也作篱丛优雅。　　最怕萧风渐起，欲留暖绿犹奢。君心知我不须夸，但撷芳魂入画。

● **董佩君**

美奈观日落

碧浪滔天落日圆，渔舟点点伴鸥眠。
乡关隔海遥相望，撒网烟霞一水连。

● 孙晓飞

赏西安碑林

独步碑林汗浸衣，灯光暗淡字生辉。
唐风铁画神犹在，宋意银钩势若飞。
玉兔穿林行笔健，金蛇惊草运毫微。
千秋翰墨何难越，艺海观潮竟忘归。

外滩之夜

不夜申城数外滩，春江浪涌映流丹。
长街纵贯鱼龙舞，小巷横斜老少欢。
桥似飞虹浮绿岸，楼如迭玉仰红冠。
何期北斗当空耀，璀璨人间玉宇宽。

辛　丑

史册读余怜未知，山河俯仰动哀思。
罡风不忘百年辱，长向云天鼓战旗。

壶口瀑布

不入石壶通力蒸，焉知混沌蕴澄明。
黄河水沸腾云雾，直上长天化太清。

长　城

城墙百里拒凶蛮，几度兵车至此还。
草木不随君主意，屡分春色过边关。

● 李　环

春日感怀

微雨清明过，萍增柳絮飞。
闲云迎白鹭，长水入余晖。
手握菩提果，身披薜荔衣。
古今名利道，见得几人归。

春日归家

云淡泥酥日色新，穿庭燕子往来频。
多情犹有门前竹，不改形容待旧人。

棉花叹

一些公司抵制新疆棉有感

貌比天云可作纱，春栽秋采也称花。
性贤不与丝绸辨，德厚还将雨雪遮。
四海共传名益重，新疆独享质尤嘉。
由来宝璧皆无罪，利欲难平恶便加。

● 陈铭华

遣　兴

小诗且喜自为酬，恬淡清平物外游。
往事辛酸任他去，临风把酒爱山楼。

咏　怀

愧我无能半白头，题诗画竹自风流。
林泉景物时关念，忘却人间有列侯。

● 陈繁华

杂咏三首

一

屏前采择读书台，陌上逢春柳眼开。
岁月不知情易别，文章偏觉意难裁。
还将旧腊随冬去，又惹东风逐景来。
微雨点波新绿皱，诗心欲枕宋唐回。

二

寻芳逐胜果然痴，尚为吟魂又赋诗。
人独往从尘里过，岁初迁向酒中辞。
微风吹绽隋堤柳，小曲包含蜀竹枝。
天印月痕云晚到，春情写不尽相思。

三

经年自觉避新冠，闭户心怀只自宽。
酒债过多诗兴醉，梅情欲放腊声寒。
无常世事谁相语，有限人生莫厌看。
昨日江边曾送客，回潮何故拍栏干。

惜春（回文）

过月三春柳拂来，客源桃李郁纷开。
歌诗问字能搜韵，景画传书自负才。
何奈月光清梦接，有时灯影旧人陪。
多言感事心知不，皤发吟兴趣味回。

【回文】

回味趣兴吟发皤，不知心事感言多。
陪人旧影灯时有，接梦清光月奈何。

才负自书传画景，韵搜能字问诗歌。
开纷郁李桃源客，来拂柳春三月过。

● **林美霞**

敬和胡师为静安诗词社迎辛丑理事小聚而作

盆葵精舍里，转瞬十多年。
佳句三思得，箴言一念牵。
争看弘忍偈，同沐艳阳天。
频祝南山寿，绵绵不断缘。

敬步胡师初一致诗词社同仁韵

结缘诗社度华年，牛角挂书吟好篇。
乐与知音相切磋，一枝一叶共参禅。

敬和月庐盆葵两先生

挥毫吟咏集芬芳，仰望崇山意渺茫。
立雪程门多努力，何时昼锦可还乡？

月庐，为著名书法家徐圜圜先生斋名；盆葵，为复旦大学胡中行教授斋名。

● **郭幽雯**

庚子九月十六夜吟

梧桐叶落暮秋降，瑟瑟西风涌浦江。
万点飞红覆花径，一方素月入书窗。
欲将丹菊缀襟半，可奈羞颜衰鬓双。
若得知音共听曲，何妨老调伴新腔。

秋　晚

捲席西风鸣古琴，衔山落日浴丹金。

三秋黄菊三秋景，一片红枫一片心。
天际浮云将蔽月，水边飞鸟欲归林。
但教美酒杯中尽，何用知交梦里寻。

庚子大雪崇明游感怀

轻絮虽无扑面吹，寒风却有任胡为。
湖边芦苇微微舞，岛上沙鸥款款追。
日暮更看云不尽，情深长与梦相随。
瀛洲美景景难忘，遥望江天天欲垂。

● 王铁麟

忆李白烈士夫人裘慧英女士

拾梦江南未自如，心牵壮烈忍难书。
拼将埋骨君先死，敢遣余温我后除。
日上新篁辞永夜，情关前事忆当初。
婆婆唤得思长在，白发今朝不忍梳。

前六十年代，识夫人于某世尊处，因循辈以外婆称之。夫人温婉和润，开朗宜笑，唯每及先烈事则泪涔涔下。长此，余复感而肃然，侍小辈礼益恭。夫人性慈爱，遇人急事长予鼎助。忽忽五纪，音容宛在。今值建党百年，爰赋此律以志思忱云尔。

杂诗三首

一

处处名花不是花，琳琅竟在野人家。
霞云灿烂君知否？自赋新词自饮茶。

二

杜鹃应是为君开，昨日樱花未剪裁。
烂漫今朝湖畔绿，春风嫁与不寻媒。

三

葡萄酒罢宴春分，谁是昆仑第一人？
碧水群峰山未老，栽花不是赏花身。

● **蔡慧蘋**

眼儿媚 瀛洲日暮

黄荻银苇北滩头，落叶野风凉。垂垂老柳，清溪宁谧，烟霭茫茫。　　霏霏细雨飘前路，稻谷袭来香。转过田陇，红颜争说，菊艳斜阳。

柳梢青 题梅龙镇酒家

仍是前容，寻常巷陌，叠阁殷红。月下飞檐，日边高栋，尽恋梅丛。　　紫琼红玉争雄，惹情处、清纯醴浓。缘起川扬，龙厅凤院，沉醉谁同？

一剪梅 虞山维摩山庄

正是虞山近降霜，云淡天高，风送秋凉。黄英金粟百株花，又试清茶，却醉浓香。　　漫步东园半夕阳，蕉叶窗残，斑驳雕梁。枕山闲室起炊烟，宋屋门楣，摩诘山庄。

添字采桑子 柯岩

飞来一石江边立，炉柱烟斜。天烛光斜，许是瀛洲，云骨雨根花。　　莲花石上人轻语，回壁音沙。影落平沙，千载因缘，须借问袈裟。

● 龚伯荣

滨江游

约会滨江去，风光一览收。
相逢言往事，似水向东流。

瀛洲行

东风唤我到瀛洲，一路花黄碧水幽。
沐浴春光三百里，家乡秀色笔端收。

春　游

九九归零冬已去，东风送暖物华欣。
百花吐艳争春色，二月江南唯有君。

登　山

岁老依然豪气在，残身持杖少年心。
登山远望当无憾，满目红霞寄我吟。

● 张立挺

牛年吟牛

汗洒三春到九秋，百斛播下万斛收。
每教耒耜坚初志，便向耕耘守偏头。
犁后终令誉憨厚，人前从不显风流。
与君畅说农家事，暂避猪羊独赞牛。

喜闻全国脱贫

脱贫号角似雷霆，振破千年苦难声。
大路条条通僻谷，九州处处起新城。

篮中瓜果青山翠，网里鱼虾绿水清。
拔去穷根方迈步，小康道上又长征。

记拙集鹿山风出版

开卷新书墨气浓，案前拂我鹿山风。
衷情裹在诗文里，意志藏于岁月中。
应向纵深来问道，不从表面去求工。
前方更有崎岖路，再练骚坛十载功。

探母校

入学惠民花展枝，吾曹正值少年时。
天涯每忆浮良校，岁月难忘是导师。
诗毕未穷千卷意，楼前唯洒一腔思。
今朝欲告门生志，傲我春蚕不断丝。

● 刘永高

偶步衡山老人原玉聊以自况

亦是神交亦是缘，津梁后学法书全。
应钦老病锋坚挺，可谓精心字妙玄。
往日劳生成去日，经年探赜钝衰年。
长洲慰勉风情好，也遣西阳愁绪前。

文徵明晚年有诗云：“劳生九十漫随缘，老病支离幸自全。百岁几人登耄耋，一身五世见曾玄。只将去日占来日，唯谓增年是减年。次第梅花春满目，可容愁到酒樽前。”读之慨然，耐人寻味。

朱和羹自有清刚雅正之气语藏头

自刻生来钝厚人，有缘翰墨砚耕亲。
清和逸笔风规远，刚简濡情意趣真。

雅道诗书先立品，正心格物复修身。
之于取巧博名易，气度终归恶俗沦。

语析清·朱和羹《临池心解》，乃吾之勖也。

陶行知纪念馆瞻得

先生风范贵长垂，可鉴千秋孔仲尼。
巨擘传承人树德，平民教育国夯基。
身心事笃公心见，工学团兼治学知。
务实恭亲情一捧，讲台三尺效宗师。

观瞻先生教育事业生涯，“捧着一颗心来，不带半根草去”之言令人动容。

● 黄 旭

辛丑赞中华航天

一

千年探月事，高技敢登攀。
兑现嫦娥梦，而今折桂还。

二

宇宙空间站，炎黄已建家。
移居天帝苑，不日看中华。

悼袁隆平

长天万里仰遗容，志在毕生谋稻丰。
唯念庶黎饥馑苦，中华现代一神农。

首句指望天上袁隆平星。

情为何物

已入残年风烛亭，相思凄切杜鹃鸣。
为何木屋湖前月，每梦师生不了情。

● 邱红妹

河南暴雨

玉帝失纲常，天师乱作猖。
倾城狂雨泻，福地变汪洋。
百姓危朝夕，军民抢救忙。
八方心一系，四海国旗扬。

银杏树

风韵雍容片片金，冰清玉洁令人钦。
有心借得东风力，金蝶频传知己音。

月季花

嫩娇欲滴一奇瑰，寒岁迎春不逊梅。
自好洁身藏暗器，谨防贼手为消灾。

● 金持衡

纪念陈毅元帅诞辰一百二十周年

天府书生主义真，百年忧乐系吟身。
挥鞭谈笑多情子，播火降魔致性人。
建国雄才开沪渎，外交舌战扫乌尘。
千山万水尊元帅，大雪青松倍可珍。

悼念莫林女诗人

鹤语梅魂举酒觞，此宵有泪月无光。
诗心一代毫锋健，剑胆千秋雅韵长。
感世论文传史笔，忧时立说谱新章。
音容宛在人何在，暮雾晨岚欲断肠。

读钵水斋看花图

钵水看花歇浦滨，江山万古丽新辰。
画图漫展承先哲，诗赋谁传启后人。
任是无情情欲醉，若教解语语尤真。
望梅指鹿寻常事，翰墨丹青妙入神。

2020年11月，朵云轩举办《苏渊雷傅韵碧伉俪珍藏展》，其中《钵水斋看花图》是1952年在长乐路钵水斋雅集时，由钱瘦铁、唐云、吴青霞等名家作画，冒广生、汪东、朱大可、苏渊雷等名家题咏，诗心画骨，光采照人。

辛丑偶吟

时光总觉未蹉跎，旧砚如今墨尚磨。
黄浦涛声惊酒瘾，西窗月色伴诗魔。
春来消息真容少，老去襟怀败笔多。
不怨无车驰紫陌，平生犹自度清波。

● 张才得

元月初二与诸甥聚于陆家嘴某酒家

高阁登临思渺然，杯盘狼藉客清谈。
春光极目穷千里，大地襟江纳百川。
世代亲情融血脉，古今沧海变桑田。
镶珠嵌玉寸金地，饱看烟波又一年。

轮椅恋歌赠邻友伉俪

时见老人一坐一推，并不时交换角色，情意绵绵，诗以咏之。

轮椅相随不羡仙，一推一坐各悠然。
甜甜苦苦同滋味，雨雨风风共打肩。
谈笑高声穿活水，襟怀乐事起漪涟。
白头又许他生愿，好约双双再结缘。

临江仙 春色

春色悦人留不住，匆匆桃李飘零。海棠犹自醉啼莺。卷帘答问，过客寂无声。　　白玉兰枝临憔悴，紫荆闹煞新晴。迟樱谢了便清明。流光草草，千古不须惊。

徜徉园中，凡不识花木，便向邻友请教，去年卷帘答问者，已不知所向。

浪淘沙 楚汉之争成语故事讲后有感

血战五经年，筹算千千。生灵涂炭不堪言。成败英雄缘底事？枉夺河山。　　翠色满庭园，茶饭欣然。翻来故事付消闲。飘过眼前云一片，谈笑延年。

● 何佩刚

致一位志愿军归国后的同窗友

转战高丽后，欣当大学生。
风云虽散冷，性格略骄矜。
统帅姿仍念，壕沟状尚萦。
庐峰传恶讯，敢放不平鸣。

志愿军壮烈英魂祭

开国新天地，家园草木亲。
跨江迎战火，扫敌护芳邻。
白骨熔焦土，豪情熏密云。
英灵归故里，美誉万年芬。

上甘岭永载史册

五圣山高险，鏖戈岭阵低。
人机皆塞满，血肉每横飞。

炮火精光煞，英豪壮烈归。
苍天何所问？国运要争辉。

毛岸英烈士墓铭

志士奔前线，慷慨着戎装。
炮火遮天压，洞居筹策忙。
豪情吞战役，义胆闪光芒。
异国称雄鬼，朝朝肯望乡。

● 王汉田

临江仙 千岛湖纪行（四首）

一、喜见二哥

阔别申城三十载，时时挂念胸膛。身心常愿葆安康。一生坎坷，所喜晚来香。　　握手倾心言往事，童年授业难忘。榻前即兴赠华章。深情厚意，福寿祝绵长。

二、铜官峡即情人谷

世间借问情何物，死生直教相依。任雷鸣雨打风吹。海枯石烂，愿比翼双飞。　　红豆殷勤游侣赠，枝头晴雀吟春。伫峰顶望日如轮。山遥水隔，难阻念伊人。

三、情人谷即铜官峡

扼箭持弓丘比特，铜官倾诉芳心。湖山只合作长吟。幽情缠绕，深谷觅知音。　　哪用得如椽画笔，绘成翠涧涔涔。引来渴慕见瑶琳。亲临探胜，惊此景难寻。

四、淳安

十里淳安沉水底，峰峦化岛千馀。一城山色半城湖。桑田沧海，凝望画中舻。　海瑞祠旁涵古洞，灰鸥疑是鹈鹕。巨澜坝锁电能输。鱼鲜虾美，止渴有农夫。

农夫，即“农夫山泉”矿泉水。

● 李枝厚

樱花盛开

河边樱盛开，今日下楼来。
久别忽相见，倾时春满怀。

清明节

今过清明节，陵园祭先烈。
身衰怎奈何，心里衷肠结。

晨

早起三千步，读书三五篇。
打开新电脑，寻觅旧期刊。
与友共探索，和诗同尽欢。
兴来吟一首，钟响在催餐。

● 顾勤元

沁园春　黄山

七十余峰，眼底全收，岂不快哉。把浑元浩气，呼成云物；满腔块垒，唾向长淮。巫峡烟霏，钟山风雨，吴楚群峦由此来。留些个，为八仙东渡，堆座瀛台。　上苍早有安排。着奇幻莲花营鹤胎。自天都授粉，已呈质象；香沙毓秀，更见庄谐。五岳虽奇，百昌再茂，不过黟山诸弃材。朦胧处，见乾坤陡转，星月重开。

沁园春　庐山

三叠泉边，五老峰前，多少畏途。望山形起伏，遥含彭泽；烟涛激荡，直泻洪都。动感光阴，微茫萧寺，时幻时真疑有无。因奇秀，便登行翻阅，来炒闲馀。　　风云最爱匡庐。好一幅千年写意图。看青莲奔走，夜郎流放；香山抗直，湓口唏嘘。举义平江，红旗漫卷，世上难平似去除。何曾想，这湘潭小子，上万言书。

沁园春　普陀山

振袂东行，飞锡南游，初到海方。趁紫霞拂曙，禅关袅袅；咸池浴日，海盖沧沧。散碎龙宫，分崩蛟窟，万里鲸波一苇航。登金刹，更心无尘虑，虔拜空王。　　普陀留恋慈光，恰遇见莲台初积香。只善男信女，争趋法界；孤云野鹤，难寄行藏。因种今生，花开彼岸，玉露轻弹送子忙。观自在，已趋于流俗，细点赀囊。

沁园春　终南山

读罢全唐，诗绪飞扬，最忆辋川。喜右丞应约，相能悟道；裴生未爽，共醉逃禅。墟里轻炊，渡头余照，问讯襄阳孟浩然。能来否，有松间明月，石上清泉。　　此时遐思无边。似太乙悠悠不记年。况重阳宫里，真人羽化；钟离杖下，吕祖丹还。行过招提，摩挲贝叶，复跨青牛入洞天。魂悸动，已东方泛白，梦断绵绵。

● 黄思维

有　感

2020年7月16日，百七岁文化老人周退密先生逝世，才半载，其夫人施蓓芳女史亦随退老而去。退老有《病愈出院示蓓芳夫人》诗曰："海燕双栖乐太平，安亭草木亦多情。人生若有重来日，再结枝头连理盟。"弥见伉俪情笃。今次其韵，以悼念焉。

白头为侣养和平，三十三年呴沫情。
草阁只今人去尽，安亭犹认旧时盟。

鹧鸪天　贺徐培均先生岁寒居杂俎出版

淮海维扬继昔贤，忍寒词学得真传。所笺别集藏山后，犹遂初心立雪前。　甘寂寞，不迁延。岁寒居里绝韦编。欣看杂俎今行世，展卷难忘唱和篇。

龙榆生先生尝赠先生词云："淮海维扬一俊人，相期珍重苦吟身。"别集谓《淮海集笺注》《李清照集笺注》。"岁寒居"，为先生书斋名，其所著《岁寒居说词》《岁寒居论丛》《岁寒居吟草》（附《岁寒居戏剧选》），皆以此名之。兹集乃先生嘱予编校，电子稿于2018年7月即交付，直至今年出版，惜先生不及见也。先生晚年多与周退密先生及予唱和之作。

● 王义胜

谒沈石田墓

阳澄湖畔吊孤坟，一树榴花证梦魂。
往昔舟船塞河港，而今领袖得师尊。
吴中画派开浓墨，相里诗巢隐素门。
听罢乡人谈本事，皇天后土共昏昏。

题李秀成塑像

长毛何必蔽髫鬌，阴厉双眸诡用兵。

战伐犹难定吴越，风云却未宠天京。
已闻白骨遍田野，终见黄巾走麦城。
今日檐前逢雨湿，冤魂常作不平声。

七月至苏州观守方族叔盌莲族叔乃苏州盌莲泰斗卢文炳之外孙自幼追随故得真传赋此并谢款待

花中君子气相投，婉转玲珑入钵瓯。
琢玉千条难比拟，真香一段更清幽。
长年呵护劳心血，尊酒纷呈媿厚酬。
白发苍颜应笑我，红莲依旧爱轻柔。

处暑郊野公园枯坐半日

风起炎熇顿爽凉，清晨早出到坰疆。
荷池残败落花朵，樟木滋荣飘叶香。
水上群凫飞翮去，坐中一老息心将。
蜷身枯寂瞿然静，不管蝉鸣若沸汤。

● 郁时威

悬空寺二首

一

仙阁琼楼屹半空，天然镶嵌翠屏峰。
参差玉宇傍崖外，曲折环廊泻壁中。
对峙双宫飞南北，相连五殿接西东。
匆匆摄得禅关影，七十身轻不似翁。

二

古刹沧桑佛道灵，低头攀顶复斜行。
遥瞻流水千层白，仰视长天一线青。
脚踏断崖临绝谷，手扶危石过前庭。
惊闻老衲菩提语，大半朦胧小半醒。

● 张佐义

题天台陈一平先生书院壁

陈家事业日蒸蒸，一掷亿元谁可曾。
突兀宗渊书院壮，扶摇北海大鹏升。
识途便是徐霞客，进士当推司马承。
如此风流堪楷范，始丰溪水万年澄。

明徐霞客游记首篇即记游天台山，且上山路不从传统道溪直进，故有识途之说；唐司马承桢隐赤城，时李白游天台，桢见而异之，即书荐白于唐玄宗。

和义胜韵

义胜于元月十三日晕厥在六号线上南路站，为好心人救至东方医院，住院期间为七律以言其事。

年来况味是非轻，消息传闻举座惊。
有约经苏探陆巷，相期礼佛到高明。
青春共饮蓬莱水，老病全持药物生。
莫道英雄垂暮事，廉颇一饭古今情。

义胜与我俱为南市蓬莱中学63届高中生。

悼　兄

红尘紫陌又春回，人海茫茫客不归。
白眼披离伤俗世，长拳霹雳动惊雷。
招魂青海千山雪，终老申江一捧灰。
托体岭前桑梓地，剡溪尽处有天台。

吾兄（1940年3月生）儿时屡遭里人白眼、污辱；师从上海第一医学院拳术名家王振章先生，赴西宁读书后，成为青海武术队主要成员，参加第一届全运会；从青海财经学院（中专部）毕业，就职俄博中国人民银行十八年。

● 周洪伟

橘　颂

篇录九章扬远名，后皇嘉树性坚贞。
果悬丰满红颜润，叶不凋零绿意盈。
受命难迁而独立，经冬无馁愈峥嵘。
春来共与山河壮，容焕欣闻百鸟鸣。

上网课

新冠病毒虐吾民，谨慎社交防太亲。
线下课堂空荡荡，云间读者味津津。
家中书案独添劲，学校尝新倍费神。
年过古稀仍发奋，弘扬国学不辞辛。

踏莎行

2020年12月29日寒潮来袭作

风雨交加，冰霜凝结。暖冬暂与申城别。行人防滑远坚冰，养虫知冷鸣声闭。　　捧茗闻香，依枰杀伐。手谈雅室风雷歇。赋闲十载意悠悠，诗棋文玩情缘结。

西江月

辛丑早春黄兴公园举办海棠花文化节，浣纱湖畔搭台展演，煞是闹猛。

岸柳垂垂怀意，海棠颤颤多情。绛云翠雾罩轻盈。湖畔游人酩酊。　　台上人如春燕，屏中乐似鸣莺。中宵耳际响歌声，醉眼梦回惊醒。

● 邵益山

过静安先生故居

老屋静尘埃，门前无雀噪。
曾经弃国文，不得窥堂奥。
落落旧风标，堂堂新素缟。
衣冠一代沉，寂寞听江棹。

故居前侧有先生素服坐像。

暮　秋

西风日夜侵，万木入萧森。
枫菊生颜色，鸟虫输楚音。
无机真快乐，有病不呻吟。
七十追童趣，闲看蚁格擒。

元旦开笔

今昔太阳奚有别，眼前花草自更新。
闭鳞水底鲑悠息，觅食蓬间鴳蹴频。
瓦上冰霜融待日，心头绻绪报何人。
负暄不觉天巡远，背冷非常盼暖春。

满江红　武汉

一夜三惊，披衣起，手机消息。听骤雨、万千兵马，打窗牖急。九省通衢车马歇，两江水道艟艨塞。叹武汉、数百万人家，寒蛩蛰。　　梅花落，黄鹤泣；城已闭，心难隔。看诸方援手，救灾情迫。玉带堂前歌舞缓，白衣床畔晨昏立。瘟疫后、灯火耀三城，江天碧。

两江，是指流经武汉的长江和汉江；李白：“黄鹤楼中吹玉笛，江城五月落梅花。”

邢容琦

南长涂沙滩

渡水闻佳境，晨行结赏音。
屿微浮万顷，沙软亘千寻。
滩响同踱浪，海氛方满襟。
一途频戏谑，日夕尚由心。

登上方山

郁苍笼胜壤，尘迹好畴咨。
树古萧斋静，林深御道遗。
盘回只经塔，寻觅向贤祠。
秋岭行人少，登阶尽仰思。

兰　亭

清娱何处觅，独往向鹅池。
修禊成嘉会，流觞得小诗。
遗碑多味赏，远韵每存追。
览古缘林岸，悠然看碧漪。

天一阁

登阶览古藕花开，海内声名独占魁。
芸馆亭亭傍林圃，瑶编总总匹兰台。
知今幸有多承志，念昔偏伤几劫灰。
近午方池雨无歇，步廊仍欲作迟徊。

● 贾立夫

山东访沂蒙山

欲寻红嫂问山川，银瀑丹枫说往年。
乳液源源滋日月，民心托起艳阳天。

台湾听长城曲

海峡飞虹万里寻，玉山含笑结知音。
别时谁唱长城曲，遥望家乡泪满襟。

绍兴瞻仰秋瑾墓

鸡笼山上立红枫，傲骨秋风胆气雄。
女侠龙泉鸣不绝，至今唱彻大江东。

海南谒东坡书院

野地桄榔筑草堂，弥天瘴雾独猖狂。
三年悲苦觞为乐，笑说天涯是我乡。

东坡书院，是苏轼从惠州再贬海南儋州时居住三年的遗迹，东坡曾留下“他年谁作舆地志，海南万古真吾乡”句。

● 陈曦骏

游花博会见路边小红花有感二首

一

翠台香海袂云深，魏紫姚黄迭踵寻。
非畏喧嚣闲处立，此花颜色是初心。

二

断香残蕊感咨嗟，愁觉浮生命有涯。
身到何年作新土，可栽一朵小红花？

王 云

咏蜡梅

黄姑自古清高客，香暗能分一空霾。
邻俗何为不解赏，刨根解叶炙如柴。

有丹方云腊梅根入药可治风湿。

外祖母丧仪复三前夜吟

魂兮此夜归来否，伤彻寒蛩共法钟。
为报萧萧长行客，泉台此去路崎重。

庚子深秋，外祖母逝，寿八十有六；乡俗谓“复三”前夜逝魂返家；法钟，道士所用招魂铃也。

王令之

重访叶嘉莹先生

数度追随听大论，重来北地访迦陵。
钩沉旧事谈锋健，落款新书暖意凝。
促膝尤温诗韵雅，舒怀尽晓国风兴，
先生淡泊身家物，弱德言心最碧澄。

己亥年，余重访叶先生于南开大学先生寓所。

与绿化专家邀游花博会

花博南园擎巨笔，东平广野润春晴。
深培嫩蕊初舒展，浅插新苗已漫生。
薄露千层涂绿柳，清光万缕浸红英。
欣从业内同仁约，乐享金阳踏岛行。

梦回燕园

梦过寒冬蔚秀园，隔墙冰上众声喧。
跑刀起落舒心滑，绒帽飞扬肆意掀。

夜唱未名湖畔曲，朝听五院讲坛言。
矜持我自登崎道，嗟叹何如立雪门。

蔚秀园，北大教师宿舍区旧址；五院，中文系所在地。

清平乐　钱江潮

塔高风急。夜树蝉声寂。痴等钱江生珠汐。染露彩巾轻湿。　玉兔唤起涛喧。弄潮明灭旗幡。铁马最怀壮意，飞澜催向谁边。

● **秦史轶**

暑月杂咏

一

晨鸟啁啾唤楚魂，海风扬浪动云根。
蜃台费解盲公镜，绛帐听传诸子言。
谨小春花因白发，慎微秋月哭朱门。
谢家今恨是流水，回首沙滩少屐痕。

二

避夏投闲东海边，便生凉意夜成眠。
薰风独舞花香蝶，锦雨偏藏翠叶蝉。
醉困子年人在水，梦回时岁鹤归天。
心游目送千途外，想是云开自碧莲。

三

海湾犄角入南洋，晨鸟翩飞雾气凉。
来浪任风书藻迹，啧言由泪洗愁肠。
抬头蓊郁远山暗，转瞬潺湲映水黄。
漫道此间无颜色，霞红云白昨夕阳。

四

人生如渡叹轻过，回首沧桑水自波。

蝉噪或因晴昼短，诗吟幸胜落花多。
云中绮阁雾中看，醉里焦思梦里磨。
何处青山偏薄暮，只今算计已蹉跎。

● 吴 梦

甲午春暮与众诗友雨中赏牡丹命题有作口占二绝句

一

名花带雨蘸春涯，艳质凝香何足夸。
若遇多情攀折手，此身不到帝王家。

二

不与群芳斗嫮姱，迟开元不恋繁华。
愿他零落春归去，强似侯门富贵花。

深夜下班途中地铁上见微信群中诗友推送微文众诗咏牡丹多涉与武氏公案乃口占二绝

一

合是花中作媚娘，风标元自领群芳。
可怜红艳成焦骨，春降还魂撼洛阳。

二

花开盛世自雍容，宠爱三千帝苑中。
君命敢辞夤夜放，贞心只为待东风。

● 范立峰

秋 分

月冷霜华白，天凉别暑衣。
杯中萸酒满，桌上蟹膏肥。
金茂登高去，辰山赏菊归。
神州秋色好，域外乱云飞。

秋　雨

宿雨潇潇下，诗情滚滚来。
无心枫叶落，却语菊花开。
欲学渊明句，还思谢朓才。
青云随月去，对镜几声哀。

秋　水

黄浦源头冽，清泉峡谷花。
汤汤千百里，衮衮万重霞。
江绕陆家嘴，潮平青草沙。
吴淞三夹水，秋色在蒹葭。

读李白传（古风）

我生倾太白，飘逸气超群。仗剑峨嵋出，诗名天下闻。
胸怀大鹏志，展翅入青云。虽有霸王术，惜无治世芹。
曾为皇上客，未遇识才君。天子纵声色，贵妃好衣裙。
持觥追酒月，弄笔食腥荤。会饮百杯少，高吟千日醺。
两京安史乱，一局履危纷。巴蜀玄宗避，浔阳战火焚。
自称诸葛亮，误入永王军。兵败李璘杀，系囚阶下员。
夜郎判流放，白帝赦欢欣。老病当涂逝，荒山埋土坟。
呜呼谪仙李，独步浩无垠。社稷苍生济，惊天动地文。
其诗今古冠，熠熠朗朝昕。现我白诗读，此心清有芬。
借来翰林句，码字趣耕耘。辛苦推平仄，多添额上纹。

● **金嗣水**

牛年咏牛

生肖群中数尔贤，凭君股市众情燃。
牵犁负轭有钢骨，嚼草为餐涌乳泉。
西出函关驮老子，火攻敌阵助田单。
纵然名列蛇神鬼，耿耿丹心可对天。

辛丑早春

一天明月宛如霜，大地勤耕长绿秧。
冬尽江南飞彩凤，春来塞北牧群羊。
啼鹃郊野红梅影，回雁长空人字行。
青浦溪流杨柳岸，此生宜养水云乡。

观电视剧觉醒年代

追求真理挽危机，先哲离经故道违。
世运启蒙寻出路，英才呐喊著征衣。
凌空泻瀑乾坤转，辟地开天剑戟挥。
镰斧旌旗指航向，百年不懈见芳菲。

自　嘲

耄耋之年无所求，三千银发自缠头。
已消豪气空怀远，偏好闲吟不入流。
聊慰浮生知放鹤，偶然一事被吹牛。
此身合是江南老，借寿还期九十秋。

● 汤　敏

小重山　贺上海诗词学会公众号开版

十月金风送桂香。浦江升瑞象、喜连撞。红旗翻卷乐声扬。诗潮涌、华采叠辞章。　　网上兴吟窗，指端传雅韵、点来忙。云山湖海起笙簧。升明月，曲水共流觞。

小重山　粉黛草

乱草偏标粉黛名，风华蓬一片、媚千擎。仓惶淹履漾欢声。争如蝶、潜入野芳茎。　　菊苑失心倾。眼前香雾里、醉霞升。梦中犹记约娉婷。丘原上、丹海漫秦蘅。

小重山 霜降

林树争悬霜柿红。飘然黄杏叶、任西东。忍追萧瑟晚秋踪。伤痕迹、写在寞塘中。 懒对镜朦胧。春山冬日貌、诉无穷。暖盅杞菊补心风。拈笺管、摹寄九成宫。

小重山 题郁时威先生梅花图照

愿作枚枚六出轻。风吹枝上落、落无声。销魂点蕊已心倾。冰世界、玉笛透疏横。 岁暮有归程。此情如买醉，醉吟觥。几时绰约几时更。留一盏、一盏说娉婷。

● **廖金碧**

听 雨

江南春早有谁知，珠落南檐闽水思。
淑气临风醒柳眼，甘霖润物涨莲池。
半窗梅影三更笛，一盏茶烟十里悲。
长忆别时花上雨，有情正是燕归时。

致敬加勒河谷戍边英雄烈士

瞻仰英雄报国身，驰奔雪域献青春。
忠诚心系八方土，骁勇胸装四海人。
剑指虎狼看冷月，声摧险壑化烟尘。
丹心鹄志千钧力，卫我中华守护神。

喜闻脱贫攻坚取得全面胜利

决战攻坚旷世功，庄严宣告敢称雄。
千金承诺为民富，一寸丹心映日红。
北国南疆流异彩，深山古寨暖春风。
真诚笑脸最高奖，彪炳环球灿太空。

春鸟啼鸣

东君谱曲鸟填词，溪水摇琴柳弄姿。
久慕杜鹃留锦句，常随紫燕踩泥诗。
雏翎怯怯新枝颤，老骥沉沉芳蕊痴。
唤取花心春不老，小楼帐望寄相思。

● 史济民

扬州慢　乡愁

余八岁时告别家乡，到上海求学。祖母送我之情、我对故乡的留恋历历在目。今试记之。

身畔听呼，眼前迷惘，暗黄一盏油灯。见慈祥祖母，已老泪纵横。抚我脸、巍巍颤颤，百般难舍，开口悲生。送行时、孤立依门，天色微明。　短亭过了，再回眸、峰影青青。见墟里农家，炊烟袅袅，鸡唱声声。薄雾茂林飘散，初霞现、陡觉心惊。忽浓愁翻涌，平生长种乡情。

浪淘沙令　回乡

十四岁时禁不住乡愁萦绕，回乡探望祖母。

水远又山重，梦里相逢。荷花今日映天红。青鸟殷勤飞稻垄，芳气融融。　岭壑一望中，黛瓦如峰。小桥流水午时钟。祖母倚门长眺望，心沐春风。

寻梅　本意

城郊雪地寻挚友，小桥旁、悄然独秀。绿萼芳蕊如湘绣。不禁思人久，忆来怀旧。　　佳人脸颊红云透，映梅花、情同酣酒。问余我似鲜花否？折枝殷勤送，香气满袖。

绮罗香　赏红枫有感

骤起西风，遥惊落照，千里苍茫秋暮。遍地浓霜，尽染一江枫树。如炬火、照水低回，似旌旆、迎风飞舞。赛春色、惊艳佳人，为何不入众芳谱？　　曾经携手赏景，今日重来故地，停车寻路。拾叶题诗，未晓寄于何处？江湖远、笑我思君，天地老、问谁能主？更疑惑、红叶前身？醉颜谁会妒？

● **倪卓雅**

杨浦滨江

枫红芦荻秋，款步浦江游。
廊架昔纱厂，缆桩前码头。
芳馨新径辟，岁月旧踪留。
遥望水天接，怡然几鹭鸥。

江畔打腰鼓

红绸系在小蛮腰，击鼓咚咚声气豪。
花样频翻听指令，铜锣震起浦江潮。

朔风感怀

呼啸寒风刺骨凉，恼人斜雨雾茫茫。
添衣犹念边陲卒，餐露披霜戍北疆。

如梦令　纪念渡江战役

天堑长江虽固，野战木舟开路。摇橹一声声，直抵敌军深处。快渡，快渡，惊起群飞白鹭。

● 施提宝

庚子腊八逢大寒日自寿

多幸颓龄趋古稀，粝餐苦茗伴粗衣。
宵逢富贵功名梦，昼受穷酸老病讥。
八味杂陈馇果粥，一冬长护慰虔祈。
笔端枯槁勉为句，自寿自吟还自欷。

辛丑元旦

旭旦连云悬皓天，诗人吟句接新年。
梅枝尚裹三分雪，柳叶已飘千缕烟。
佳节翩翩祈运泰，老怀郁郁度尘缘。
今朝辛丑开端日，遥祝亲朋福寿全。

贺上海华兴诗画社成立三十周年

一

春色驱寒万物兴，狂飙瘴雨不骄矜。
信凭骥骋千寻志，为有松消百丈冰。
闸北一园诗入梦，江东十老义填膺。
吟笺重现兰亭禊，向以高标面翠崚。

二

谢家山水普天闻，震古超今每断魂。
诗社招邀游浙皖，骚人唱和历晨昏。
每钦画册风姿绰，更爱期刊文采存。
老我不才攀大树，雪泥鸿爪怯留痕。

● 王德海

锦溪古镇

一水镇中过，铺林双岸荣。
霞辉江面洒，锦绣满溪泓。

潮州古城

驸马德安牛府第，牌坊灰壁众公祠。
韩词雨润古城里，礼乐千年冠华夷。

拜谒韩文公祠

谏迎佛骨贬潮州，八月为民史册留。
稻海渠开波浪翠，鳄鱼暴去意情柔。
冬初橡木不萧索，山碧椰花更沸稠。
华夏文宗韩子庙，南来北客拜千秋。

沁园春　长兴

竹海茶林，贡茗长兴，顾渚瑞烟。看农家齐乐，尝鲜八碗，惠风和畅，腾踏三山。沪上乡音，往来常客，喜睹青唐街景颜。元春日，正红灯白雪，朱榭雕阑。　　湖潭陇上行前。溯无数俊贤聚丽川。忆霸王足迹，平原颜体，皎然吟草，陆羽行禅。水口弘新，雀楼仿古，月下金泉连竹延。千年树，又新芽勃发，直入云端。

金泉，即金沙泉。

● 张幼鸣

过茂名路锦江饭店

也是因缘到锦江，琼楼新老已成双。
旧金匮锁主宾笔，小礼堂关风雨窗。
夜话敢言非故里，人归曾记似邻邦。
十年来去行程乱，谁解身边南北腔。

访内史第宋氏三姐妹故居

老宅翻新人迹稀，繁花适季柳丝肥。
檐间旧字青鸾舞，窗下斜阳灵鹊飞。
曾记东邻谁活泼，应知别院众芳菲。
百年难得凤凰聚，际会江湖不再归。

过一二八淞沪抗战旧址

昨夜西风悄悄停，乱云飞聚越横泾。
似闻杀气随箫鼓，已见军声刻汗青。
壮士千秋魂断寂，男儿一战血斑腥。
太平世界存霾雾，今日辰时去祭灵。

● 钱　毅

满庭芳　和楼世芳兄除夕词戏作

初二骄阳，初三飘雪，此景不可不忙。世间时事，锦鲤返苍黄。旧逐风情已刻，都去了、往日如常。枕床酒，财神昨至，神似关云长。　黄粱。来去矣，群鸦遍野，鸿鹄几行？看惆怅经年，难卜未央。留住幼儿模样，乖张影、阖眼时光。从今后，春申故里，再唱满庭芳。

● 陈建滨

香港美协万才华兄赠六米长卷草书心经

廿尺龙蛇飞上下，心禅合会字追风。
谁参草势王张左，自悟灵光指顾中。
一苇生烟翻浩荡，千花入境破虚空。
狂毫亦印如来法，何必名山证大雄。

《草书势》，汉·崔瑗著；王张，史上草书名家王羲之、张旭的合称；左，泛指旁边；宋·欧阳修《英宗皇帝灵驾发引祭文》“臣以官守有职，不得攀号于道左。”

● 艾 院

减字木兰花　人生

人生五味。尝尽方知何事畏。但守平安。看透凡尘难入仙。　　心存所贵。一缕愁丝谁买醉。诗语呢喃。寄送真言为哪般。

如梦令　入春（新韵）

桃李迎风辉映。百里春光回赠。长记好时辰，烟柳色青水静。如梦。如梦。应是慧心从众。

虞美人　四季歌（新韵）

春风得意春风少，风到花枝俏。夏荷映日满池红，雨落成珠轻舞叶圆中。　　晴空碧水常一色，细数秋收乐。数行梅影伴冬途，踏月归来迎雪试新炉。

青玉案　西域阳关漫游记

慕名域外风光异。大漠浑、沙尘靡。百里无人城兀起。逶迤关隘，烽烟传递，往事千年记。　　登楼远眺心生喜。羌笛悠扬赋新意。驼影绵延连友谊。阳关西去，亲和相系，落日余辉继。

长生乐　贺巾帼老人母亲百岁大寿

母亲学生时代，参加皖南新四军抗日运动；解放后，为妇女儿童工作呕心沥血。值此百岁大寿之际，填词贺之。

祝贺良辰喜结缘，百岁庆通圆。画堂佳会，福禄寿琼筵。阆苑瑶池神鹤，起舞翩跹。鸾音雅颂，慈母期颐福年年。　　皖江靓女，沪上儒仙。萱辉世纪娇颜。家国事，事事在心间。老来常是萦梦，中华复兴篇。

青玉案

行摄大美中国尼康行盐城篇有感，并感谢孙华金老师全程陪同。

跟随摄影来游玩。怎知那，花心现。湿地风光惊了眼。鹿欢鹤舞，渔歌礼赞，都是神奇片。　　东方大美盐城羡。如梦之行赏行遍。好运喜看黄海畔。山林旖旎，滩涂霞粲，留在心中恋。

粉蝶儿　欣闻百事TV金色学堂开播

喜讯传来，电波连机课网。艺科文、一屏通掌。读诗词，玩电脑，健康时尚。坐家中，无数智信流淌。　　老有痴求，星辰大海奢望。怎知那、点屏可上。瞬然间，圆梦想，心神倍爽。直教吾，智慧晚年尊享。

● 沈钧山

参观曙光展及左联会址

披沐曙光奔，左联抨夜昏。
一朝枪炮息，万象焕乾坤。

忝列黄桥座谈会

沪上诗联两会牵，薰风拂拂到云间。
激情歌泣百年史，频撒联珠缀九寰。

● 祁冠忠

纪念抗美援朝出国作战七十周年

朝韩战火燃，壮士气冲天。
邦痛金瓯碎，情甘性命捐。
刀枪驱美帝，血肉铸名篇。
亮剑知华夏，保家心志坚。

春夜偶成

日月相随伴暑寒，如烟往事忆漫漫。
起锚焉问航程远，历险方知处境难。
奔涌浪潮沧海阔，退归胥吏砚田宽。
安居陋室无他欲，自酿诗篇自品欢。

重上市委党校感作

重来党校喜盈盈，策马扬鞭未歇程。
忆昔熔炉酬壮志，于今追梦步长征。
雄文经典勤攻读，警句名言堪励精。
正气存胸坚信念，清明晚节胜功名。

● 苏开元

纪念抗美援朝七十周年

矢弓赳赳赴雄兵，唇齿相依血肉盟。
鸭绿江鸣甚歌泣，上甘岭酷气纵横。
值迎棺椁回归日，更恸英灵悲壮行。
三个将军叹无奈，于今每忆励征程。

三个将军，指美国的三任联合国军总司令麦克阿瑟，李奇微和克拉克。

大漠胡杨

耸身戈壁度沧桑，金叶虬枝精气昂。
炙暑冰寒煅筋骨，天雷野火赋刚强。
遥听世纪驼铃远，共与乾坤生命长。
大漠深沉阅今古，三千岁月颂胡杨。

三千岁月，人们赞颂胡杨“生而千年不死，死而千年不倒，倒而千年不朽。”

恒山悬空寺

千年寺挂翠屏峰，如嵌如雕峭壁中。
半插云崖生净土，飞来梵殿夺天工。
百尊佛座仙姿逸，三教祖贤神采融。
行见绝尘连碧处，老僧念念向玄空。

秋　雨

洒洒扬扬挟雁风，炊烟林霭合朦胧。
谁敲檐瓦和蛙鼓，波漾涟漪推短蓬。
寒冽残荷怜落叶，霜迎金菊映丹枫。
一销暑气送凉爽，青鸟交鸣晴霁中。

● 左长彬

大雪日家来客

大雪无踪影，庭阶踏薄霜。
笑言头发白，共赏菊花黄。
剥蟹雄膏腻，开罈老曲香。
人生贵知己，酣醉又何妨。

知青老友家聚

枝头鹊叫客登门，半世交情缘共村。
壶煮浓茶思旧事，屋盈笑语对清樽。
虽怜异地十年苦，常忆同锅一室温。
白发尤珍金友契，高山流水唱黄昏。

游金泽水乡

古镇千年远市嚣，泽乡风韵百般娇。
连天云浪通三省，接径玉虹看四朝。
河柳掩墙僧寺隐，商楼枕水酒旗飘。
临窗把盏尝鲜脍，醉听船娘唱俚谣。

河上留有宋元明清四朝桥梁。

● 潘全祥

辛丑元宵节海上连雨有记

雨绵元月未，节至独怀深。
疫降低风险，春来渐绿阴。
人行千里路，梦系故园心。
一勺浓情在，圆圆意不禁。

观电视剧跨过鸭绿江有感

历史重开集巨篇，难持泪眼几番捐。
英雄儿女崔嵬魄，血肉长城壮烈天。
故事诚多非四十，忠魂不尽岂三千。
银屏守正人心在，笔法春秋欲写全。

龙华观白玉兰

清扬晓色影婆娑，白鸽千重唤素娥。
为瑞王庭翻雪至，浮香玉凤化云过。
光迷一径人初见，情满连枝梦已多。
逐浪纷争春望起，若传信使尽飞歌。

● 贺乃文

白鹿洞书院

仰钦朱仲晦，江右试寻游。
古洞房栊冷，儒宫岁月遒。
人情奇白鹿，我意眄青流。
不见方塘水，源头何处求。

朱仲晦，朱熹字仲晦；白鹿，书院蓄白鹿于栏供观赏。

岳麓书院

百代崇文地，儒林节不磨。
于斯时誉著。惟楚俊才多。
道味昭昭日，书声凛凛歌。
国危谁振臂，群彦屹嵯峨。

西　湖

纷敷掩苒景怡心，芳草繁花绚满林。
三竺钟清声振玉，九天日朗水溶金。

舟行明镜云烟湿，桥卧平波柳岸阴。
万顷西湖看不足，黄莺问我肯重临？

虞美人　篁岭

山中杂树增新绿，云里多幽筑。祇疑篁岭住秦人，迎笑桃花犹绽、晋时春。　　忽闻呖呖莺声近，巧舌频相问，此间观览感如何？我道人间天上、景相摩。

● 袁人瑞

赞张京

珠落玉盘音韵香，李班才貌国之光。
佳人座上从容态，妙译番文信雅庄。
译文泉水响铮淙，速记千言一阵风。
如此才情谁晓得，天资修炼廿年功。
明星面貌谢班才，紫发番姝枉自哀。
不逊沙场鏖战烈，折冲阵上立功来。

班昭、谢道韫、李清照为古代三位才女。

● 刘绪恒

4 月 23 日海军节致当年战友兼怀军中旧事

男儿仗剑入军营，胸有追风逐鹿声。
孤岛碧澜闻骇浪，深山幽洞厉奇兵。
魂如精卫衔泥走，心若雏凰浴火生。
铁骨稀年身渐老，犹听金角梦中鸣。

老友重聚

茶清醪赤涩幽幽，幸有斯逢可却愁。

羁鸟归林怀热土，游吟追梦唱凉州。
枕戈孤屿波聆浪，傲雪平生寻欲求。
沧海风吹何壮壮，年年更白少年头。

忆当年军旅情景遥呈老连长

英武军戎速备齐，巍峨连队列营西。
雷鸣传令赴挥日，泥径洗兵奔海堤。
莫道深山藏若虎，欲磨钢剑厉如犀。
斯情斯境毋相忘，留待重逢话噫嘻。

● 张冠城

元宵乡思

一
一天寒雨锁重楼，圆月今宵更丑牛。
二十四桥灯不夜，凤箫龙舞满扬州。

二
家山一别六春秋，底事申江浪迹游。
行不得兮归不得，乡愁无奈苦淹留。

三
清明时节欲归舟，屈指今宵正月头。
六百里程花满路，谁令老病水西流。

● 张道生

苏河漫步二首

一、携友人眺望空中花园
苏河冬日起微波，纵有诗情老若何。
眺望楼台千株树，心忧别后相思多。

二、苏河十八湾

空中楼宇花千树，临岸新城景万家。
昔日吴淞江水绿，得逢盛世自光华。

苏州河原名吴淞江，1843 年上海开埠后，西人将这条通往苏州的河改名苏州河，沿用至今。

临江仙 生日感怀

年少读书伶仃夜，浑然不觉天明。挥拳拍案赞群英。好人多命蹇，稚子忿难平。　　八十一年如一梦，似曾稍现峥嵘。残阳夕照老风情。吟诗将进酒，听曲牡丹亭。

● 王怡宁

腊　八

八珍细煮略添糖，众寺慈悲分粥忙。
鲜枣清莲启年庆，银粳金粟炫祥光。
尔思佛祖心生敬，我忆春晖泪湿裳。
门上桃符换新页，红尘有味醉何妨。

腊八为先慈冥诞。

新年试笔

人生快意盼修龄，岁岁欣然看柳青。
曾忆春华枝绰约，莫悲冬凛叶凋零。
煦阳短杖登庐岳，烟雨扁舟过洞庭。
风景千般书不尽，归来细细览群经。

● 李学忠

咏　牛

栉风沐雨踏尘烟，默默耕耘在沃田。
犁地何辞砭骨乏，拉车只管奋头牵。

粝餐秆草茹池沼，眠卧柴扉伴镜圆。
但愿一生多奉献，振蹄不必待扬鞭。

西江月　边防勇士赞

冰雪风沙寒凛，帐篷野地安家，常亲明月与朝霞，无数秋冬春夏。　　万里险峰征戍，勇驱蠹孽妖邪，丹心一片在天涯，只为神州大厦。

千秋岁　迎春曲

吉牛谣咏，垂首将春迎。甘露降，东风劲，亭亭松柏翠，芳卉呈新靓，青竹秀，鸟吟蝶舞群蜂兴。　　滚滚春潮盛，追梦千帆竞。云水激，雷霆迸，任凭风浪袭，万顷驱涛骋，夷险阻，涌银溅玉豪情逞。

● 贺正芳

夜步张江药谷

漫步园区行复停，雅章盈耳自堪听。
鼎图百岁还丹秘，囊括千方本草经。
米克拉宣心肺郁，爱优特断腹肠青。
倾城灯火培春脉，破雪除冰送远馨。

米克拉，Micra英译，全球最小无导线心脏起搏器，微创等集团正全力国产化量试；爱优特（呋喹替尼胶囊），和黄药业研发已入医保的抗结直肠癌靶向新药；鼎、囊，化学制药反应釜，制剂配料盛器等。

致敬加勒万河谷戍边英烈

忽起烽烟战事逢，边关戍角震苍穹。
石头雨里身姿壮，棍棒林间胆气雄。
死别班公湖感泣，生还萨木岭钦崇。
会须再读魏巍句，更晓花儿为甚红。

听谭盾新作武汉十二锣感怀

旷世编钟幸定场，汉锣十二起龙光。
雍容激烈向天问，肃穆纵横为国殇。
遥想青铜曾独步，细思草药早流芳。
指端清泚锦丝绣，眼底斑斓漆粉妆。
下里方知扪石径，高门但觉舞霓裳。
台前义理多名胜，幕后辞书满殿堂。
云梦古琴何郁郁，风收秦简自苍苍。
遗声杳杳传经济，闻道悠悠合赞襄。
日月并生祈有庆，山川齐一祝无疆。
献新楚颂口碑在，造化潜通源溯长。

2020年9月19日晚，谭盾携上海歌剧院交响乐团为上海音乐厅重修开业，线下首演《武汉十二锣》；海内外交响乐团使用的铜锣均出自武汉；下里，即下里巴人，它与秦简、编钟、青铜、草药、丝绣、漆器、楚辞一样，都是荆楚文化的代表。

● 曹雨佳

庚子孟冬宿通玄寺

秋山无盛事，草木自多情。
犬入霜林闹，琴邀野鹿鸣。
三餐长简素，六腑自清明。
犹喜晚归处，徐徐采菊行。

惜　花

寄意留春在吾家，日从三顾总无暇。
东风一夜吹微雨，晨起庭前数落花。

清平乐　暮春

风帘雾幔。金兽游烟散。燕燕寻春迷醉眼。犹恋人间浮暖。　　杨丝拂乱愁浓。莺啼追落飞琼。睡醒西楼虹断，小帘独坐春空。

● 王　惠

梦　马

黄沙万里云，西北望余曛。
远道殊良匹，灵关出九军。
追风流矢影，碎玉电眸文。
壮发长披拂，连蹄暂错分。
萧萧鸣契阔，恋恋踏尘纷。
共逐接人意，相欢绕我裙。
去时吟翘俊，来此集悲欣。
感泣离怀久，何由独见君。

点绛唇

风起三更，凌霄红乱过江雨。露消轻暑，树深长衢阻。　　宝马香车，竞载鱼龙旅。人间伫，四时堪叙，更逐行云去。

● 陈籽澐

一丛花　记辛丑元宵花语

春熙一线润芳华，千蕊缀枝椏。琼苞翠玉无人赏，任逆风，颠扑沙沙。户门都闭，花圃篱外，狂雨任横斜。　　觅来巷里有人家。暖意透窗纱。夜凉难冻花间酒。更那堪、笑语喧哗。纵有湿云，一时乐了，檐外冷梨花。

如梦令　龟语

翘首煦阳无念。胜阅禅书万卷。荷叶几清圆，何必玉清寻遍？不见、不见，一蹬水花轻溅。

● 张　静

小　雪

一候虹藏隐，风寒鸟退飞。
凌花虽未冻，疏影渐承菲。
六出窗前笑，琼枝门外挥。
流光莫等远，无语对朝晖。

晓　荷

晓雾初开菡萏红，匆匆摇碎一池风。
回眸几举莲蓬笑，十里香花走绿丛。

洞仙歌

白鹅浮水，莲叶托清晓。锦鲤悠然半塘草。恼人柳絮，又染青丝，俯仰去，天地何能不老？　云影风帽，只遣霓裳笑，冷雨穿山几番过。驭长空、撕羽翼，只记琼瑶。远市喧，桃林隙间缭绕。认寒烟苍苔是吾庐，任满地杨花，年年不扫。

● 裘　里

一剪梅　初春杏花

小花着雨畏轻寒。斜风半面，碧水一湾。逢君对酒莫凭栏。杯中春愁，杯外春闲。　凭将吴地寄华年。嫩蕊空山，老树新倌。陈情旧事如飞烟。乳燕今去，又听关关。

满庭芳　冬日余杭观雪

晨霜侵碧，断桥无路，西楼云霁如尘。千岩万壑，雪浪入江岷。趁兴新妆试手，兼尺素，料是故人。知何处，长风万里，心许在吴门。　　纷纷。山似剪，冰盘华盏，飞乳悉尊。忆前缘旧事，再过三巡。曾叹青丝渐损，情怀里，胭脂未匀。莫频问，一支潇洒，年年更待春。

● 时　悠

偶　题

轻烟细柳杏花天，婉转枝头弄管弦。
小雀承暄舒扇羽，逐风追影到尊前。

故宫六百年展

拾柿寻鸦老树秋，驱驰千里问重楼。
貂裘宝玉累金凤，远近争相入镜头。

清平乐　网师园

归渔何处？舟系香兰树。萝月清风延入户。泼墨挥毫画虎。　　春归春赴春忙，烽烟数度秋凉。只有一窗孖竹，如今依旧苍苍。

● 顾　青

咏　梅

一枝发槛外，并蒂向天涯。
素蕊香噙雪，红绡灿若霞。
东风吹始瘦，野径绕方斜，
想是花怜我，沉忧莫自嗟。

去冬获赠元青花瓷片有感

风寒岁暮西窗下，展得元瓷一片珍。
缱绻蓝花幽古意，殷勤青鸟卷红尘。
遥思几度春风外，独醉谁家琥珀醇。
又举闲情归梦远，总凭明月慰离人。

● 苑　辉

秋荷二首

一

晴初云欲薄，行影入亭津。
未值菱花落，先吟桂子新。
移舟风有会，载酒月无尘。
转叶孤枝醉，霜蓬莫问春。

二

三秋随往迹，来径少幽栖。
坠叶闻秋语，霜荷觅竹溪。
风疏归目远，月瘦郢歌低。
莫道芦花浅，莲房伴稻畦。

● 钱海明

咏王国维

人生三境上云楼，陨落湖中芳泽流。
独立自由诚可贵，品高仰止载千秋。

观田子坊有感

古今合璧趣真浓，游客居民人气隆。
老少寒暄街巷里，友朋谈吐画廊中。

弹戈路跳伦巴舞，老虎窗飘莫奈风。
荏苒光阴多妩媚，东腔西调合相融。

崇明西沙湿地秋望

水天同色一凭阑，漉漉回蹊步履蹒。
雨霁菊华皆锦缎，风生芦雪自微澜。
一行鸿雁寻新宿，满地蟛蜞霸旧滩。
竿起无肠公子落，归来醉享祖孙欢。

● 陈剑虹

晚　秋

低眉信手一横琴，极目霜天满地金。
珠落声声红叶语，弦歌切切故乡心。
秋深最是愁牵梦，梦醒难吟月上林。
若未了情终未了，当相寻处且相寻。

六三自寿

四季人生行在三，疏红秾绿恋江南。
一肩风雨情裁梦，几度沉浮寒满潭。
诗是心田甘露水，酒缘鬓雪起秋岚。
此身愿与青衿老，勇向黉门递韵函。

庚子小雪有怀

雪潜鬓双情未疏，新愁织入梦来初。
相逢柳絮中千诺，独去吟怀里两如。
昔叹胸襟沾俗几，今忧罗绮舞风徐。
此心只有婵娟晓，满满清光伴我居。

● 李震清

秋雨夜

一

叶落蝉喑别树情，篱边菊湿盼新晴。
劝君莫听秋来雨，最断肝肠是此声。

二

入耳微凉淅沥声，惭颜往事旧痕生。
秋风倏歘秋方尽，萧夜寒灯雨自横。

枫

都说秋花有不同，我偏一树独情钟。
春来夏去身常绿，暖浅寒深色更浓。
染尽层林丹笔画，缀连遍野赤霞峰。
凌霜红叶如红焰，满目纷飞燃臆胸。

菊

未必千年第一花，每逢秋瑟竞相夸。
陶公东圃总悠逸，黄王西窗却噫嗟。
一片开城傲霜雪，几丛锁院沐楼霞。
万红千紫着罗锦，不及身披白素纱。

陶公，指陶渊明；黄王，即黄巢。

● 郑宗健

苏州河畔随想

九曲蜿蜒半座城，苏河百里好徐行。
萦心风物新还旧，瞩目微漪浊复清。
邈邈桥牵思绪涌，盈盈水挽眼波横。
氤氲元气连今昔，未改乡愁总是情。

● 吴祈生

水仙绽放贺辛丑新春

青帝邀来共赴春，凌波仙子净无尘。
银台妩媚人间识，金盏风流水上陈。
缘定三生留世远，情随五福播香匀。
阳和普渡盈天际，应许冰魂伴岁新。

秋　怀

晴空一鹤任高翔，吾自从容对夕阳。
灼灼花曾连广宇，潇潇叶亦阅沧桑。
笔随秋水千章净，意向青云百味藏。
最是诗情浑似梦，此心耿耿与天长。

咏　牛

耿耿春牛牧笛风，耕耘稻色绣晴空。
心期家酿小康酒，一醉丰年烟火红。

咏戍边英雄

青春又染国旗红，万仞冰山写大忠。
日月昆仑歌勇士，界碑巍峙傲长空。

新春有怀

傲雪梅花已破枝，东君践诺未云迟。
清流脉脉谁能约，韵事娟娟自可期。
叹赏江声霞照眼，文辞月色影含姿。
分明记得吟窗下，一架春藤尽是诗。

● 李传芬

上海外滩夜景

东风微拂外滩边，潋滟澄波不夜天。
两岸霓虹银汉落，一江春水锦帆连。
游人悦目赏霞月，飞鸟迎潮啭夕烟。
万国群楼今胜昔，明珠璀璨写琼篇。

春　归

度过严冬盼望春，东君抖擞跨年轮。
满园花卉含苞绽，遍野禾苗拔节频。
习习和风传捷报，煌煌福地送瘟神。
金牛昂首奋蹄进，气壮山河迎岁新。

行香子　春思

碧水溪长，玉柳垂扬。沐和风、蜂蝶争忙。踏歌翠陌，游览春光。看苗儿青，草儿绿，蕊儿香。　　赤子回乡，阅尽沧桑。镜前人，银发苍苍。此心安处，向往何方。咏山中云，海中燕，月中光。

● 葛　亮

嘉定秋霞圃

入夏正当时，送春薇半辞。
风清莺语碎，雨冷客游迟。
好句犹需洗，无诗不凝思。
奇花初乱眼，莫道似相知。

风筝三首

一

青云一入便无家，巧手心裁竟比霞。
幸有封姨能解我，随君一路到天涯。

二

又见奔涛逐浪回，彩鹞竹马驾春归。
天边轻舞谁家蝶，不解风情到处飞。

三

春风一日到天涯，滨海鸢都处处花。
我与东君曾约定，有牵挂处即吾家。

● 张玮菁

念奴娇　前世今生步胡中行老师韵

漏收篆冷，尽时雨、不问红尘人物。无畏离愁挥别泪，日斗辰昏东壁。砥柱中流，岂随风去，白鬓吹松雪。西瞻丘首，劫生尤是瑰杰。　　恍惚象见兵尘，摇旗敲鼓，大愿催重发。委命官星掌印石，任运因缘生灭。留梦玄中，华阳洞里，童子髫垂发。道无穷寡，合天还带明月。

● 宋忠鑫

村居晚眺

西下残阳暮杳青，林疏晚色入高冥。
微熏水汽小船过，杂起炊烟飞鸟停。
阅史偶翻新议论，删诗难作旧风形。
闭门觅句避寒意，静炷炉香捧茗瓶。

● 房焕新

庚子小雪有感

百谷收仓大地疏，破泥犹爱麦禾初。
菊容日去香风在，蛙穴春归清嗓如。
未死不回心飒爽，谎言聋阻肺舒徐。
眉间喜色谁知得，今日赓酬伴寂居。

庚子九月十六夜吟

林木寒风叶受降，载河奔去泛三江。
柳前白水雁同浴，檐下新梅蝶舞窗。
画饼无穷饥剩几？作糕有信饱余双。
此身正似桑榆晚，头白犹堪厌鹉腔。

秋晚诗韵

寒风声韵妙如琴，叶尽天高大地金。
聊复出游寻碧色，不妨持节忆陈音。
召夫冲阵追宏愿，折翅归巢恋旧林。
日后一樽心绪乱，何人与共恼于寻。

● 张兴法

不一般二首

报载今年一季度从三九到三春，经济稳健开局。于“十四五”而言，2021 年是开局。这个开局不一般。

一

穿越酷寒禁，闻雷春雨霖。
笙歌街市夜，弦诵竹园林。
相聚何言醉，生逢似海深。
人间烟火气，最抚万千心。

二

来之诚不易，克难必亲躬。
十载江河令，三生天地功。
鸿蒙辟新道，慧眼探深空。
万壑群山梦，神州如画中。

● 张燮章

李　贺

断句旧囊心碎时，单寒瘦骨意难持。
幽情苦绪何人见，冷月沉吟动魄诗。

读聊斋志异

月下仙狐逗柳泉，篇中黠鬼独流连。
一腔孤愤任啼笑，撩拨聊斋心上弦。

纪念左权将军

太行云树记春秋，戎马书生仗剑游。
北塞寒沙筑战垒，东瀛落日觑神州。
牺牲决绝山川恸，韬略雄奇肝胆留。
义勇军歌歌一曲，忠魂教我护金瓯。

张居正

未干墓土乱鸦鸣，狼藉残枝带雨听。
数载权衡初结果，一条鞭法尽雕零。
曾闻太岳余崩岸，今见故居新院庭。
可恨朱皇无赖甚，十三陵里血腥腥。

● **翁以路**

街　景

申城无处不思秋，桐叶纷纷摇落愁。
怀旧依稀铺此路，半留念想半优游。

邬达克故居

漂泊他乡浦江客，择云千朵筑成楼。
故居仿佛显身影，铸就家园百世留。

立　春

寒雨丝丝书屋静，小窗帘外斜枝影。
笔传春意手先知，灯下深参怀素韵。

● **楼芝英**

梅园探梅

点醒春光度暗香，清枝破雪倚回廊。
俟时色老随风起，片片无尘到梦乡。

叹金嗣水吟长青浦新舍

绿阴深处簇秋情，水底轻云冉冉行。
柳影斑斓空自语，残荷零落悄无声。
闲看小院金英盛，独坐平台诗意成。
岁暮与之频得趣，侍花哦咏寓蓬瀛。

八声甘州　惜春

看落花翻作杏泥红，兀自为花忧。雨过轩窗外，几多红瘦，已失娇柔。情切唤春且住，底事不回头？当怨东风恶，不解离愁。　　嗟叹春归何处，料随风雨去，知向何游？梦里春魂在，无语独绸缪。觅春去、天涯尽处，弃归舟、从此寓春洲。回眸处、离情别恨，已是休休。

● 褚钟铭

观觉醒年代感赋二首

言志陶然亭

千年旧厦势将倾，百病残身已蹇行。
路走何方寻主义，贤求海内揽群英。
漫天漫野天公恨，忧国忧民赤子情。
借得红梅魂几许？琴追白雪洗心声。

飞雪斗士情

为何遍地怨苍生？煮豆燃萁任泣鸣。
不忘初心途坎坷，犹凭热血笔纵横。
胸中浩气长城志，雪里红梅斗士情。
效得先贤三顾义，春归放眼侍雷声。

看花回　落梅飞樱忆江城

楚地春浓汉水依。犹记佳期。晕红柔绿曾相识，闻暗香、认得花蹊。叹南柯意远，雁信捎谁？　　醉了开时醉谢时。愿为情羁。梦刀能断东流水？惜韶华、怅别恨迟。挽残霞漫步，偕暮归兮。

朝中措　流光剪影意朦胧

流光剪影意朦胧。恍忽转时空。回首长堤垂柳，愁听古寺禅钟。　　拱桥落日，朱栏美酒，欲醉千盅。惆怅文章谁唱？樽前莫笑衰翁。

● 何全麟

荷　缘

月色荷塘照我家，夏蝉呼唤水中蛙。
黄梅雨舞岸边柳，青草湖观洲上葭。
映日罗裙扬彩翠，迎风箫管耀光华。
皭然不滓淤泥者，唯有田田莲座花。

梦　馀

晓风残月觅萍踪，往事依稀烟雨封。
浩劫十年悲落叶，浮云百感悟晨钟。
夕阳倚汉秋澄桂，晚雾连江夜入蓉。
苦短人生恍如梦，笑谈水复与山重。

题枫泾吴越界碑

吴越界碑千百年，枫泾留步叹风烟。
春秋逐鹿犹如梦，山海哀鸿孰可怜。
范蠡名归新雨后，子胥肠断夕阳天。
王侯将相今安在，荒塚没蒿悲逝川。

● 郑荣江

元　日

晓色依微新岁来，曙光隐约映双腮。
门前落叶催红萼，槛外清霜促碧苔。
举笔瞢腾多事日，翻书邂逅出群才。
春祈心地勤栽善，伫望福田花正开。

元　宵

大年正月月回圆，香雾金波再见妍。

节庆馀芳仍袅袅，经时旧面复娟娟。
人生风雨阴晴转，天下情怀苦乐旋。
莫问花开能几许，常持浅笑尽安然。

过　年

新岁似新还旧符，安同闲日守亭隅。
花间蓬雀循来路，林下青牛踏去途。
春色放情终隐矣，浮云遮眼怅归乎。
西驰羲驭复东盛，但问尘心自在无。

● 陈　波

孺子牛拓荒牛与老黄牛

习近平总书记在全国政协新年茶话会上强调，要“发扬为人民服务孺子牛、创新发展拓荒牛、艰苦奋斗老黄牛的精神”。

一

天生志趣与人投，草乳相贻诚不侔。
明辨公私轻已利，看清舍得重身修。
功成何必功在我，业就还需业远谋。
玉食锦衣非所愿，但求伴月守田头。

二

投身垅亩著先鞭，终使贫家几变迁。
耙断穷根通富路，日流汗水润禾田。
一犁撬动农耕史，两角牴开新地天。
阡陌相闻百年愿，铮铮铁骨驶无前。

三

伟岸身躯性不阿，百年过往未蹉跎。
精疲喘月还浮水，功卓移山仍上坡。
俯首诚心怀倦草，扬蹄执意点春波。
忽闻四野鸡鸣早，再抖精神负重驮。

● 黄仁才

茶　趣

一生颇费买茶钱，赶路频停茗店前。
村集偶搜甘露叶，捧壶慢啜润心田。

黄果树瀑布

隔山滚滚万军来，谷底隆隆压巨雷。
百丈飞龙掠崖壁，千人惊叹挤看台。

沁园春

莽莽昆仑，滚滚长江，混沌九乾。忆南湖先驱，井冈星火；北京俊彦，全国周绵。苦逐倭奴，力驱顽蒋，亿万人民拍手欢。心深处，哭英雄远去，热血殷鲜。　　神州日日新颜。更雪片纷纷捷报传。眺长城内外，厂房林立；大河上下，高铁横穿。丝路重开，腾飞经济，展望明天花更妍。康庄道，听百年号角，快马扬鞭。

● 李文庆

闻山村脱贫有感

深山忆昔旧村庄，茅屋常愁隔宿粮。
今日新楼趁闲暇，争相上网一家忙。

赞洋泾廉心桥

喜看洋泾河水清，春风桥畔听莺鸣。
长街满目芳菲艳，为有阳光灿灿明。

南歌子　崇明蔷薇花

为上海崇明第十届中国花博会而作

素色青秧秀，娇容白雪鲜。临溪照影漾清澜。最恋田家、香馥透窗轩。　绿岛开花会，丹霞艳海川。痴心偏爱护婵娟。守望芳菲、含笑梦江天。

● 张忠梅

游辰山植物园（排律）

一程重一程，翠岭喜相迎。
龙舞清岚起，花开霞彩生。
湖边观野鹭，林里听啼莺。
新竹连云绿，游人仰首评。
奇葩数难尽，归去更相萦。

行香子　镜天湖滨与沙龙诗友共庆重阳

波映蓝天，金叶迎蹊。庆重阳、相聚湖湄。清风同贺，荡漾霞晖。听涛声起，琴声雅，韵声飞。　歌谐万籁，翩翩齐舞，任欢情、奔放驱驰。童心仍健，鹤发清姿，正步同迈，人同醉，梦同追。

● 王建民

蝴蝶湾的合欢树

蝶儿扇叶合欢亲，俩树高低倚水滨。
百草上空舔幼子，叶开不闭咏红轮。

不长的雁荡路

记忆初铭雁荡乡，绿荫楼下少忧肠。
行街几步无弯路，滴答天时未是长。

美美与共

在中华艺术宫观赏马书林《惠风和畅》荷花图

浓淡花荷各鹤姿，风雷雨后斗妍奇。
美其若比西施美，与共参差美美时。

费孝通言，“各美其美，美人其美，美美与共，天下大同”。

● 余致行

白堤秋望

广寒银桂坠堤香，鸾珮金莲行玉堂。
瑜岛浮云立仙鹤，绮峰下泊践漪凰。
鹊桥牛织绛河去，龙殿锦装灵曜翔。
绝色容姿何处有，天都图景挂钱塘。

天平山

珠翠髻鬟云镜妆，峦枫涛浪帝弓扬。
龙泉玉雪星河吐，笏石冠袍宫阙张。
芳径莺歌蹑罗袜，雕亭鹤翼翥天堂。
锦林画嶂元都出，处处垂诗读目光。

泛舟九曲溪

水绕群崖云绕峰，巉岩叠巘望无穷。
星槎灵囿飞清浅，屏嶂锦图悬蕊宫。
礁屿蓬莱镌殿出，瑶台天国崛峤隆。
璧绸玉女立溪岸，迓客殷勤朝暮中。

● 胡培愿

濠河夜色

星光灯火照濠河，云气环城十里波。

桥畔渔翁惊四野，垂杨映带五青螺。

濠河，江苏南通护城河；五青螺，南通有五小山：狼山、军山、剑山、黄泥山和马鞍山。

董源夏山图

水秀江南百草滋，苍茫野色抹云姿。
山乡树杪闻天籁，平淡天真北苑师。

仿黄公望天池石壁图

山势披麻晤大痴，淡岚施彩赛娥眉。
天池碧水遥天外，自古清风苦画师。

芦茨村写生

芦茨山色唤流云，草木丰容倚水滨。
纸上笔花宗子久，村人相遇似乡亲。

芦茨村，位于桐庐富春江镇东南部的富春江畔；子久，黄公望，元代画家，字子久，号一峰道人、大痴道人。

● 黄熙源

谷　雨

俏自江南出，客从三月癫。
红妆花似海，绿染柳如烟。
一曲凭风过，何人漱石眠。
春深逢谷雨，滴滴润诗田。

再读登鹳雀楼

多少诗人鹳雀游，登临鹳雀望神州。
季凌妙句传天下，只在胸襟不在楼。

柳　絮

欸乃一声依粉墙，小船摇出柳荫旁。
如何三月春飞雪，更看乌篷尽带霜。

登岳阳楼

七旬登顶岳阳楼，浩瀚烟波一览收。
细说历朝曾屡毁，又看垂教永长留。
凭栏难觅双贤迹，问世谁言百姓忧。
眺望洞庭千里浪，光阴似笔写春秋。

● **王永明**

感皇恩　岁末

岁末坐书斋，寒云将晚。银杏萧萧满清苑。层层黄叶，堆起无端愁叹。楼高风更冷，隔窗看。　　幕阜景深，淦河清浅。山水迢迢异乡远。老来思旧，黄鹤魂萦江汉。此时滩涂远，残芦乱。

桃源忆故人　严冬忆沪上亲人

吴天楚地隔千里，同饮一江甜水。照片泛黄翻累，微信争看喜。　　外孙娇女皆安否？每每倚窗凝立。骨肉之情如此，恨不生双翅。

女儿、外孙在沪。

江城子　遣怀

朝霞暮霭落边城，远山青，碧波澄。漫拾秋光，几处嗅黄英。忆旧君能开口笑，浑忘却，古稀龄。　　平安须保万家宁，是亲情，更温馨。海晏河清，曼舞倩湘灵。紫竹谁吹飞楚雅，天上曲，共君听。

忆秦娥　上街

秋风冷，潜山叶落街头雨。街头雨，飘零淅沥，更添思绪。　　独行踽踽谁为侣，他乡异地真无语。真无语，身无彩翼，鬓成霜缕。

蒋露银

即　感

圆月更如残月凉，新花未似落花香。
诗成还欠推敲浅，笔落犹堪斟酌长。
绮梦浮名知幻景，华年流水叹沧桑。
漫尝百味悠悠忆，且对柔毫诉短长。

回　忆

童年离父却缘何，欢快亦多愁亦多。
百事艰难知世味，一生辛苦顶风波。
痴迷图画伤时晚，纠结诗词思夜过。
采菊东篱学归客，何须后悔喟蹉跎。

写诗有感

叠嶂长河锦绣图，春来秋去觅巩珠。
文心可探雕龙术，世说何难新语无。
时有紫毫凭寄托，少逢青眼指穷途。
唯余顺口诗堪读，惆怅平添者也乎。

行香子　观画而作

一叶舟横，万丈峰青。西风过，带雁低行。霜衣闲立，翠羽浮萍。看溪流急，群山冷，晚霞明。　　村前沙路，老马嘶鸣。荻花摇，不语萦萦。竹篱把酒，惆怅长亭。叹浮名浊，功名累，利名轻。

● **徐登峰**

冬至闲逛牡丹路

寂静街衢半掩羞，咸塘浜水自东流。
牡丹仙子今安在，唯见群翁乐不休。

岁末寄诸诗友

又到迎新岁月迁，手持绿酒祝高贤。
书楼郊陌同和乐，击壤狂吟叩谪仙。

夏日阵雨后

炎炎赤日计无施，笑电流云又闪离。
暴雨即收降暑意，小荷新绽逞芳姿。
江边残照凝斜影，窗外微风动翠帷。
寂寞倚楼搔白发，自寻幽静觅新诗。

采桑子　小草

无肥薄土何尤嫩，三寸根芽。身染泥沙，不识人间富贵花。　　情知体小无人问，轻世芳华。沟壑为家，翠叶尖尖映晚霞。

浣溪沙　忆天山

追往银峰听朔风，雪莲映雪两相融，频嘶长啸跨花骢。　　关塞传烽迎古月，瑶池击水带霞虹，平生倾慕卧云松。

小重山　岁杪寒潮

霜叶风头逐影横，江心帆疾展、客心惊。飞云黯淡怎安宁，烟岚冻，丝雨打眠莺。　　永夜听松声，乱号摇翠竹、晓天晴。寒流滚滚水初冰，裘皮贵，坦道少人行。

● 张顺兴

漫步苏州河边

休闲绝佳处，步履醉苏河。
风爽琴心悦，花香秀气多。
抬头荡云絮，入眼泛清波。
渐晚夕阳乐，小蛩低唱歌。

静安雕塑公园赏樱花

茵坪大道醉樱花，吸引相机响咔嚓。
佳丽容颜动天地，繁英蔽日惹云霞。

咏月季花

淑姿吐蕊沐香风，丽色常开一岁中。
秋伴劲风如菊灿，冬迎瑞雪与梅同。
烁金品种显高贵，雅淡类型酬和融。
莫说花无百天好，喜看月季四时雄。

● 程筱琴

山村冬夜

雪夜柴门闭，围炉透焰光。
母慈缝线密，子孝读书忙。
庐屋诗千句，农家暖一堂。
谁通乡土事，自古乃寻常。

听　雪

远望长亭外，临风袭袂衣。
群鸦栖野树，孤客倚柴扉。
地旷山容瘦，天寒水气微。
何堪愁白首，大雪正霏霏。

归　心

雁过江南宿故林，天涯何处慰归心。
徘徊尚忆芦花雪，杳杳春山梦里寻。

梅　语

一枝斜倚小窗前，冷艳清香总自怜。
雪里有情应笑我，月中无伴亦欣然。
娉婷不减当时貌，圣洁分明此夜妍。
莫若东君催节变，岂容桃李媚春烟。

● **刘国坚**

宣城探楮

云停雨惬白山头，藤汁青檀效蔡侯。
青弋江边知楮墨，缘来洪度叹春愁。

浪外桃花潭

练舞青江墨韵浓，烟笼岸柳马墙重。
桃花潭上歌声动，更借甘霖祭李宗。

雨后大障山

云中细雾白连溪，烟嶂磐陀乱落泥。
曲径回旋声动处，凭空一柱作天梯。

巫山一段云　野郊秋韵

雀羽风催灿，青纱雨绶衔。迴环河渎迭岩巉，四屏绵桧杉。　　惯看高墙冗厌，但待野池滟潋。秋声犹适老夫情，弦弦托梦轻。

● 瞿　春

闻南京举行国家公祭仪式有感

金陵寒气半旗挚，警笛声声壮国歌。
卅万亡灵冤地府，六朝形胜咒狂魔。
长江久舔石头血，明月犹临永定河。
莫道烽烟相去远，大钟岁岁唤吴戈。

石头，石头城，即南京；永定河，指永定河上的卢沟桥；大钟，指仪式现场的和平大钟。

● 赵振宇

庚子年末随想

庚子年端冬月残，又临浦水坐江滩。
楼铺两岸推新绩，轨越三城改旧观。
患疫喧嚣欧美闹，飞天长刺太空弹。
浪奔浪涌寻常有，国际国中随眼澜。

三城，即指上海、苏州及嘉兴。

寒　梅

晓起浮明寻淡香，寒空展吐韵留长。
解颐倩影冰心立，肃目疏枝气骨扬。
腊月临江花下懒，东君送笑雪中彰。
时人常作歌词颂，身瘦谁怜伴冷霜。

● 陈天鹏

赞金泽水库

翠路围成库，随流太浦涟。
蓄留为水质，五处得甘泉。

● 张培连

蒙古马

蒙古良驹赫赫名，草原万里自纵横。
奋鬃凛凛振龙势，敲骨锵锵响玉声。
蹄踏阴山山脊抖，影临沙海海魂惊。
一腔血汇中华脉，驰骋疆场舍死生。

诗吟上海

华夏同追上海潮，龙头雄起舞宏飙。
陆家嘴立汇金厦，黄浦江横达富桥。
瑞气琼楼民逸乐，祥辉雅景众逍遥。
明珠塔指通天路，更引豪情至碧霄。

珠穆朗玛峰

一从海底出神州，直指云霄泛玉舟。
傲立寒烟舞旌纛，高开诗境谱春秋。
月香霞绮魂何醉，雷疾风号心自悠。
环宇名山多少座，那峰看我不昂头。

● 张宝爱

悼念袁隆平院士

袁翁鹤驾众心伤，犹记田园稻米香。
沐雨辛勤新路探，栉风苦涩为民忙。

一生寻索精良种，九秩研求海水粮。
椽笔丰功难写尽，神农再世美名扬。

悼念吴孟超院士

仁心医者树高标，无影灯前忆孟超。
妙手回春书大爱，杏林载誉跃重霄。
苍生有救全民幸，赤子悬壶万世昭。
天惜贤能归圣位，例差仙鹤苦相邀。

端午节怀屈原

炎黄儿女敬忠贞，岁岁年年祭屈平。
天问精神滋后者，九歌意境唤苍生。
追怀义举千秋颂，感念丰功四海萦。
不忘初心先哲慰，兴邦筑梦再长征。

● 黄俊民

兔子灯

旧城佳节数元宵，月上桐枝高烛烧。
家庆团圆千万语，年成牵挂百般焦。
儿童戏耍无忧事，兔子灯提到闸桥。
倒映淞江星点点，九天河汉起春潮。

说　书

秦弦劲拨汉琶弹，一女一男分两边。
学做拟声编故事，咿呀咏调唱良缘。
上篇煮酒英雄论，下档征西鼓角连。
茶馆会堂方寸地，纵横万里历千年。

早　餐

曾传炊饮选佳肴，四大金刚昔日骄。
堂客豆浆随豉饭，行人烘饼夹油条。
晨曦街贩吆声脆，薄雾炉烟香气飘。
早起魔都上班族，快餐在手自逍遥。

● **徐人骥**

黎里揽胜桥南社公园怀古

廊桥揽胜边，师友聚今天。
幽境摧人醉，移云思古涟。
祖先穿越觅，唐宋韵悠妍。
立雪虔诚志，附贤耕学田。

廊桥又称揽胜桥，因建在揽胜荡边得名；南社公园，因柳亚子先生梓里为纪念他而命名；先祖徐蔚南因辅佐柳亚子先生，园内有先祖小照和生平简介。

再访江村缅怀费孝通先生

病贫动荡悲尘世，承习诗书学子耕。
西渡求知修正果，东归从实启鹏程。
江村情系富民志，梓里身临强国行。
自觉紧跟思进取，洋洋巨著毕生倾。

江城子　游铜罗荒天池

越吴头尾相交融。越王庸。夫差宫。史书可鉴，传说更朦胧。明将遇春留迹踵，池荒貌，履痕雄。　　密林遮掩浜兜纵。石牌嵩。落红匆。凋疏鹿苑，牛舍犊娇慵。滨水平台亲日月，邀蜂蝶，肇兴隆。

● 孙可明

春水东流

长堤春水拍，草色碧连天。
童悦随花逐，莺娇与竹怜。
人情融景物，心事散云烟。
江自东流去，诗怀寄素笺。

致敬中印边界牺牲英雄

一腔热血正青春，誓护尊威不顾身。
拼将忠诚怀激烈，雄关雪域戍边人。

诗与远方

衣振长风万里游，任凭足迹遍神州。
唤来雁共斜阳远，载去帆随逝水流。
云海苍冥看不厌，林泉碧落醉还留。
放怀健笔生灵感，我欲携诗唱晚秋。

看觉醒年代有感

先贤探路向苍茫，犀笔争锋救国方。
赤子呼号擎霹雳，先生振臂问朝堂。
敢教觉醒新文化，唯有驱除旧典章。
建党求真循马列，神州从此露曦光。

● 张保栋

温故迎新

昨宵星月昨宵春，庚子九天任我巡。
墨子应声传密钥，嫦娥携壤美良辰。

东风不与妖夫便，北斗自将航向循。
玉宇澄清元旦色，牛年再续访河津。

漠北人歌

漠北人兮漠北人，青丝染绿走廊春。
留情戈壁根深扎，借手胡杨志倍纯。
一道虬枝连不腐，三千林木傍高宾。
治沙敢问霜晨月，此物能消万世尘。

腊　梅

寒风腊月逐梅行，白日浮空映玉英。
肃步庭园香径雪，凝神芳树蠡湖浜。
东君滴蜡妆金蕾，春讯斜梢晓翠茎。
天向瘦枝输佛性，江南江北可扬清。

● 薛鲁光

腊　梅

墙角闻幽寻缕迹，迎寒独放俏姿萌。
人欢梅朵傲霜雪，风卷松虬帐杜衡。
倒挂枝杈冰凌重，危悬萼蕊暗香轻。
丹青画就玲珑态，聊复诗朋奋发迎。

贺新郎　迎春感怀

雪漫回城路。白首疏、浮萍跌宕，跨洋回沪。嬉戏童牵烛灯兔，海上明珠眷顾。但望见、冰凌绕树。过隙金驹差半面，况人乎、泪湿衾衣布。难入寝，常诗赋。　　冬云白絮飘如故。浦江鸥鹭顾，惟有酷寒迷雾。船笛长鸣辛丑祝，轻滑冰鞋转舞。抗疫捷、全民宅寓。频笑忘年乎，莫等时闲，百载从头步。强国梦，由衷诉。

● 刘喜成

感　怀

莫叹秋声鼠岁归，红梅放胆斗寒围。
题联上网随星走，作赋填词学日晖。
无悔流年相伴老，有歌好梦共腾飞。
纵然黄浦能添韵，编辑春光助我挥。

月上国旗红

嫦娥五号爱无穷，揽尽神奇载月中。
入轨激情今去寄，冲云壮志古来同。
初心不改巡天梦，大手频添立帜红。
大业成诗千曲颂，吴刚喜贺九州雄。

沁园春　新年感怀

黄浦歌之，紫云叠也，百感萦怀。更清风作曲，都称胜举，红梅成画，正得门开。细数从前，当堪浪漫，六合皆将喜事排。神州好，似黄山出彩，九域兴哉。　　八方逐梦清埃。忆抗疫丰功传舞台。记复工脱困，终安心乐，除贪定国，尽免天灾。欲贺新年，信当勇者，华夏骄儿扫毒霾。凭肝胆，借今朝一曲，引瑞祥来。

● 陈曼英

卜算子　荷

孤寂立荷塘，静看荷花秀。骨扇轻摇紫穗垂，更是和衣袖。　　嫩蕊落飘香，花瓣残清瘦。韵味涓涓染柳帘，化作凡沙漏。

江城子　游杭城

驱车直往美杭城。左山青，右红樱。儿女夫君，百里乐同行。山路弯弯通竹舍，窗外景，绿波倾。　　西湖水畔远山横，柳帘迎，燕穿行。女子衣裙，映夕照多情。往事随风缥缈远，轻倚树，蕊香萦。

临江仙　沪上奉贤野餐

绿草茵茵林圃，清风漫漫楼亭。莺歌流韵醉区城。彩云千万缕，翠鸟两三声。　　放眼游人把酒，开怀诗客尝羹。相逢吟处意纵横。黄花摇浪漫，好句自然生。

● 王伟民

金缕曲　读杭州夏理宽先生金缕皕曲

形胜钱塘邑。自唐来、筑城理水，屡经修葺。柳拂长堤波潋滟，霞染重峦紫碧。又点缀、笙歌画鹢。塔影亭亭南北望，更星罗历代人文迹。毓秀气，满湖溢。　　斯间风物何方及？日熏陶、谢安襟度，江淹词笔。春可探梅秋折桂，四季迎将愉怿。仰古彦、清芬频挹。化作胸中珠玉吐，协宫商金缕曲成皕。播惠泽，藻光熠。

● 吴家龙

庚子感事

史观庚子乃凶年，世事常逢藏巧连。
鸦片战争羞辱炮，联军八国大清燃。
自然灾害艰难过，洪水新冠困室眠。
避疫宅家勤洒砚，依规生活不期缘。

1840年鸦片战争，1900年八国联军攻打清帝国，1960年自然灾害，2020年新冠洪水侵袭都在庚子年。

八七初度阳农历诞日逢感赋

人生八七已无求，希冀健康身体优。
失怙童年萱室训，获知弱冠业师谋。
红羊劫历头压石，苍狗变经云朵楼。
五四廿三同日诞，眉梢喜上耋龄牛。

● 钱　衡

读水墨千金有感（新韵）

千金学艺东瀛路，高耸行云万丈瀑。
水墨一生另辟蹊，清泉迤丽百年舞。
《水墨千金》图，乃傅抱石先生之女傅益瑶女士所作。

● 陆　英

咏　梅

一

姿态怡然绽蕊新，暗香凝雪自清匀。
年年不负骚人咏，为唤群芳报早春。

二

嫩蕊西窗雪色茫，寒池倒影水生香。
未闻宝马奔驰过，三弄瑶琴对尔芳。

吟友茶叙

九陌红尘对午茶，吟朋晤兴绕云砂。
持杯侃侃浮年事，落叶萧萧惊岁华。
万象片言当解惑，千寻和韵但求赊。
风吹衣袂舒眉宇，发际秋霜看作花。

● 李志坚

题徐谷甫印笺

徐公治印多情趣，润爽清溪和劲桠。
犹忆寿山磕洞石，鸟虫书里大宗家。

题方国梁印笺

秋雨徘徊思蟹簖，白湖黄发日斜晖。
老来蔬韭斟杯酒，金石传家个个催。

题王大陆印笺

半山玉润骄龙篆，红叶枝闲对月秋。
曾立豆庐堂上壁，攘翁墨法古人周。

● 江沛毅

鹧鸪天　庚子除夕

一岁涓尘惑曙鸡，寰中大疫竟长时。每思慈母常枯眼，却笑书生老讲师。　倾竹叶，嗅梅枝，山家载酒习家池。等闲又近东风约，桃李芳华自有蹊。

每思慈母，家慈痛于庚子重阳后一日辞世；老讲师，十一月二日始获评讲师职称；桃李芳华，昆班诸生已二年级矣。

● 金苗苓

游湘西南七首（选四）

喜迁莺　小东江

波纹皱，水流清。空气袭芳馨。渔翁撒网顿张盈，轻起有鱼腥？　雾纱蒙，红侵绿。携手同行提足。远方旷望尽头无，山秀倩姿舒。

少年游　十里长廊

阴云透湿，如清不晰，游十里长廊。食指朝天，老人采药，三姐妹仙妆。　　边行且望犹思语，难得此风光。忽有公猴，红臀红面，追逐二姑娘。

武陵春　红二方面军长征出发地纪念馆

桑植红军双万五，穷苦皆乡农。将士跟随咱贺龙，革命战旗红。　　历尽长征屠鬼蜮，建国立丰功。今扮红军筑梦中，怀念老英雄。

太常引　吉首乾州

午行夜入古乾州，霓亮诱双眸。河浅没兰舟。步铁索，桥边荡悠。　　苗家晚宴，姑娘迎唱，鸡鲜辣汤稠。戴帕当苗头，女侍酒，长歌不休。

● 陶寿谦

石库门春望

我住风流福佑房，城隍老庙仰清光。
村蔬粗食人宜寿，石库民房月正祥。
心意常萦家与国，穷身不怕鬼同猖。
阿婆飨得梅干菜，一意飘香醉百坊。

辛丑牛年自遣

一

情痴八纪忆湖湘，锦瑟风华沮海浪。
西域流年人未老，南冠绮梦路寻常。
吟庸自得开心喜，坐病惊神不必惶。
绿竹数株祥物瑞，遍山野菊饰秋黄。

二

风前雪里争流水，荏苒牛年齿自珍。

振耳弦声歌夏屋，躬身白浪觅春津。
青波一望情无限，白发频添景似银。
草绿荒原多胜事，丹心枣赤辣姜辛。

● **陈明南**

咏春牛

一

紫气东来春意早，喜迎辛丑爱新泥。
耕耘稼穑熙朝日，不用扬鞭自奋蹄。

二

朝踏晨霜晚送霞，轭牵耒耜满田花。
星星问我归何处，有地犁耕便是家。

清明祭祀感怀

寒食家山虔祭祀，陵园甬道酒觞提。
伏惟素馔丹诚置，追远先人尚飨时。
相貌音容存顾念，瓣香明烛寄哀思。
依稀慈母手中线，难作芦衣挥泪诗。

● **高晓红**

塞翁吟　岁末抒怀

庚子年将尽，悲喜俱已成痕。忙碌碌、带儿孙。喜乐也伤神。偷闲律动吹丝曲，喜古韵习诗文。会挚友、话酸辛。酒醉溅红裙。　　斑纹。悄然现、青丝不见，时瞬逝、年临六旬。望来路、匆匆过客，有谁挡、几许人生，努力芳芬。钟声已近，忘却烦忧，自找欢欣。

长相思　望海

听海潮。望海潮。斜日残霞映寂寥。孤心逐巨涛。　　思迢迢。路迢迢。望断深冬春意遥。苦情随浪飘。

长相思　春思

千缕丝。万缕丝。烟柳徐徐风弄姿。相思成叹词。　　雁儿鸣，雁儿飞。别去来兮春又归。唯予独举杯。

● 顾士杰

秋　雨

一场秋雨洗三伏，倦枕难辞凉意临。
都说春光无限好，年年此季亦称金。

欲罢不能

十年磨句醉雅韵，墨会群芳慕远英。
弱目缓书难洗笔，小楼聊发宋唐情。

今日秦淮河

十里秦淮波影摇，灯红酒气热城宵。
胭脂羽扇皆云散，车马琴声久已遥。
商女莺歌音乃绝，野狼噬户史难消。
重修旧貌还颜色，无愧江南一景娇。

● 陆晓明

朝天门码头

古关来作客，感此独清雄。

水浩樯帆过，天青岭树葱。
筑城巴国缈，开埠九江通。
野马嘉陵注，至今思蚁工。

朝天门是公元前314年，秦将张仪灭巴国后修筑巴郡城池时所建，原题“古渝雄关”；嘉陵江在此注入长江，其势如野马分鬃，十分壮观；蚁工，指昔时地位卑贱的码头搬运工人。

咏泖河

巨涌洲分古泖横，连湖通浦向东瀛。
今人不识馀河水，曾逐华亭鹤唳声。

瞻亭林古文化遗址公园

发掘经年在一园，风烟销尽尚遗存。
鸟鸣石斧依林草，叶落玉琮沉土墩。
茅舍俨然临废沼，稻田狭仄接荒原。
分明律动灵巫舞，火焰千秋夜月魂。

听电视剧蹉跎岁月主题曲有感

剧中《一支难忘的歌》咏唱上山下乡运动，亲朋好友中多有亲历者，前几年已相继退休。今番再听，伤感不已，遂赋是诗。

绵邈清音逐逝波，不堪花似亦蹉跎。
千瓢风雨豪情尽，万仞青山落寞多。
南国秧田五更起，中原麦垄大寒挪。
遥遥人事今休论，惟听销魂一曲歌。

● 王晓茂

辛丑惊蛰二首

一、夫人大病初愈积虑方释犹似启蛰

闻雷启蛰始耕时，牛气催人好运犁。
庭驻鹊声添和睦，燕巢来筑乐康持。

二、有忆

旧思如蛰待耕耘，新念惊雷熨绪纷。
桃艳柳新春意闹，芳华年月忆钗裙。

重续家祭有感

封停因疫祭无期，如刺悬咽饮痛时。
二载不通哀思涌，一朝开启悼心追。
飞扬落叶沉忧散，簇拥春风敬祀弥。
阿母知来应有示，安康崇善佑家持。

● 董 良

牡 丹

沉香亭下醉贵妃，聊赖翰林云想衣。
檀板歌吟百杯酒，崇山日断二乔晞。
紫髯如虎吞伊洛，白发似洚流阙闱。
却看牡丹酣色幻，明皇那得马嵬归。

醉贵妃、二乔，皆为牡丹品种名；沉香亭，在唐明皇苑内。

蔷 薇

卖笑蔷薇百金乐，尽欢一日到黄昏。
丽妃架上春无力，武帝剑头秋有痕。
颖颖赤墙征战血，潺潺潢水女牛魂。
玉床锦被谁铺就，难解刺红堆土墩。

蔷薇别名有卖笑花、锦被、刺红等；潢水，银河别名；武帝，指黩武的帝王。

凌 霄

毕竟凌霄是古藤，攀岩附树性频仍。
蚊蝇纳秽盘飧冷，花木争荣意气蒸。

不媚牡丹兼芍药，何嫌鸿鹄与鲲鹏。
人非虫草无知甚，夜雨狂风自可胜。

● 李积慧

赞扶贫攻坚楷模张桂梅

斑斑白发识英姿，百里山区辗转疲。
血沃黄花怀稚子，魂萦大爱叹青丝。
穷村劝学肝肠热，病骨怜君形影痴。
门下几多桃李过，寒窗烛火照华夷。

挂像英模林俊德

茫茫大漠别亲人，铸盾舍家为国辛。
手拂冰霜彩霞照，胸藏锦绣伟图陈。
忠魂遗爱清风煦，壮志增辉旗帜新。
回盼殷殷情切切，丹心一片老逾真。

中央军委批准增加林俊德院士为全军挂像英模，隐姓埋名52年坚守在罗布泊，参与了我国全部的核试验任务，离世前仍带着氧气整理科研资料。

张　骞

授命远夷通域西，沙侵风簸走天涯。
一腔热血洒丝路，十载高情为国痴。
壮举凿空孤客老，节旄凭倚故乡思。
环山墓冢阶前翠，信义终为后世师。

满江红　致敬喀喇昆仑戍边英雄

怀缅忠魂，丰碑下、虔诚拜谒。加勒万、英雄劲旅，意坚如铁。攀陟方知城阙远，巡行何惧山头阔。短兵接、孤胆息边烽，旌旗猎。　　昆仑柱，休悲切，维领土，人间别。大爱俱清澈，英姿谁遏？喀喇山高风雨过，杜鹃声里殷勤说。凛浩气、热血荐轩辕，皆英杰。

● 洪金魁

星海湾沙滩

清晨到海边，望远水连天。
漫步银滩上，金门在眼前。

庚子岁末返厦门探亲

千里迢迢云水间，家乡远隔万重山。
亲朋难见常思念，数九寒潮催我还。

厦门掠影

经年未返今还愿，千里归乡踏海波。
鼓浪洞天寻旧迹，鹭江两岸唱新歌。
高楼林立山川秀，街巷纵横花木多。
云顶炮台风景好，几时一统化干戈。

● 陈嘉鹏

春近二首

一

寒冬渐去柳丝青，缭绕和风水聚萍。
向晚凭栏烟雨后，黄花倒影舞蜻蜓。

二

料峭春寒华夏地，东风送暖应时来。
临窗喜鹊嬉欢闹，万物滋生百卉开。

红窗听　春晓

燕雀欢腾春报晓。堤柳岸、静闻啼鸟。枝头浓绿繁花艳，欲将三辰抱。　　几许悠闲欢畅笑，翩翩舞、花前月夜，谁人幼眇。九天同庆，瑞光华夏曜。

采桑子　春雨

柔风细雨滋萌柳，梨树桃花。一派芳华。燕雀归来新有家。　　一场春雨苍烟绿，嫩蕊新芽。朵朵奇葩。西落残阳映晚霞。

● 闵建章

绿地摄影有感

绿地闻啼鸟，新年换靓妆。
枝头花萼美，水岸柳丝长。
细雨添春色，清风送酒香。
抒怀诗意景，不负好时光。

浪淘沙　豫园灯会

莲鲤古风船，牛气冲天，江南百景碧波湾。绚烂彩灯欢乐景，九曲桥边。　　昂首跨新年，快马加鞭，阳光路上谱华篇。春暖花开今又是，美在人间。

临江仙　长风公园

长风万里春来早，公园初绽梅花。银锄湖畔映明霞。泛舟秀景色，流水好年华。　　牛转乾坤新气象，斑斓生树枝丫。放歌一曲向天涯。云烟过往事，恬淡似清茶。

● 朱强强

风

近看无影远无踪，间忽光阴各不同。
春去桃迎武陵客，秋来桂送广寒宫。
平川万马南驰北，大海千舟西向东。
只是相逢未相识，难描声色入图中。

霜

秋来衣羽入禅门，话不能多如古人。
朝浅暮浮怜白露，风轻云淡看红尘。
已过九九大寒日，未往三三小暖身。
记得农家忘情水，花开又是一年春。

雨

千珠万线一帘笼，北去南来西复东。
春水哗啦柳飞绿，秋山淅沥槭传红。
荷花深处鸳鸯乱，苹果熟时蝴蝶空。
此景如能十分看，五分却赖白云中。

雪

乐为清平一别家，近来远去偶闻鸦。
高山隐隐悬羞月，流水轻轻载闭花。
小径牛郎上天路，大荒织女下凡纱。
由他红日写春色，随那白云成彩霞。

● 王先运

辛丑早春

残雪瘦寒犹未消，生机已自漫烟郊。
李桃难掩春心动，夜雨瞒人润柳梢。

蛋　壳

2021年元旦，携妻游松江郊野公园，捡得如弹珠般蛋壳一枚，其上啄痕宛然，有感。

啄痕残壳志亲劳，犹见孵雏卧树梢。
惟愿天寒知反哺，儿忙觅食母栖巢。

夫妻钓友

本人喜钓，苦于老妻屡屡挡驾，故欲将妻也培养成钓迷。好友老张连呼不可，说他们就是钓友夫妻，但每到饭时，都不愿离开钓位，只好靠拈阄决定谁去做饭。有感。

夫妻同迷弄钓钩，钓山钓水钓春秋。
忘情最怕日当午，若个营炊赖抢阄。

育　雏

阳台花盆里的花枯萎了，引来两只斑鸠，下蛋孵雏，甚感惊喜，作诗以记。

养草养花花未秾，枯枝败叶积盆中。
却招瑞羽喜孵卵，欣盼英雏试碧空。

● 王金山

参观舟山定海鸦片战争纪念馆

竹山顶上有英灵，抗击西夷三总兵。
联手军民驱外敌，中华近代树佳名。

三总兵，为定海总兵葛云飞、寿春总兵王锡朋和处州总兵郑国鸿。

舟山桃花岛

桃花岛外雾如烟，波浪翻腾不见边。
白雀寺中听梵呗，安期峰上触云天。
密林柳树清音洞，港口雄姿万里船。
东海神珠如梦幻，潮升鸥鸟舞翩翩。

采桑子 暮春游宁波北仑碧秀山庄

九峰山畔风光艳，碧秀山庄，清水池塘，水面鱼儿窜跃狂。　　树林成荫山坪翠，鸟语花香，瓜果橙黄，鱼米之乡商贾忙。

● 陈天年

吴昌硕

翠山秀水屡蒙尘，东浦西泠留客魂。
青石有缘逢苦铁，紫毫无意落真痕。
篆刀争胜屠刀力，重竹催残孤竹存。
三代同仁疲笔墨，百年学子未离门。

张　骞

一十三年似一秋，凿空西域渡沙州。
趋行瀚海无人迹，偏遇匈奴逢国仇。
前继高皇困边寨，后承苏武作长囚。
乃今方有西方路，迎得中华丝与绸。

谢　安

鹤唳风催似镝鸣，山中草木八公兵。
江东吴子成英杰，北国秦师泣远征。
羽扇纶巾再摇曳，烈烟赤壁又重烹。
捷传喜报深藏抑，屐折无端乐极声。

唐　寅

唱史弹词说未休，吴门文士俱风流。
才名不若浮名足，风月平添岁月愁。
皆说人间三笑事，谁知科场一牢囚。
功名未得塞翁事，成就斯人诗画留。

● 黄宣成

题自画山水藉抒衷怀

一

朔风正盛落堂前，傍水依山世态妍。
攫得人间欢乐事，犹消百虑喜听泉。

二

万里关山绿色还，仁人志士好登攀。
烟消雾散迎佳日，浩气长存天地间。

三

山高路远水清流，草木青青放眼收。
荡涤邪污辉气象，乾坤重整续春秋。

● 顾守维

春的赞歌

春风袅袅到人间，万物舒眉展笑颜。
迎接东君来访问，纵观花海看南山。

● 李树峰

破阵子　元宵随思

雨润梅花增色，风摇岸柳添黄。最是上元佳节至，玉树银花和酒香。霓虹耀浦江。　　云破每期明月，霞飞静待斜阳。休道人生如逆旅，莫为飘蓬枉断肠。他乡胜故乡。

水调歌头　追韵

道法莫拘古，传统莫菲今。迷醉唐风宋韵，高处待登临。幸有恩师教诲，侪辈殷勤觅句，阆苑写浮沉。休说桑榆晚，一刻胜千金。　根深植，枝叶茂，郁成林。继起众生堪慰，词彩鉴冰心。入眼渊明屈子，追梦苏辛李杜，开卷现龙吟。文脉千秋事，自有后来人。

● 帅在铁

春光好　腾飞上海

申城美，最繁华。海棠花。世贸闻名都市，碧奢遮。　发展崛飞科技，商流活跃天涯。高塔明珠灯夜景，赞欣嘉。

● 陆振刚

花开中国梦

盛世迎来花博会，五洲好友聚崇明。
奇葩斗艳喷香气，碧水长流溢挚情。
雨润中华圆国梦，风吹沃野发琼英。
千帆竞逐长江浪，双百开头新里程。

喜迎 2021 年元旦

迎新接福小康年，喜事连连似涌泉。
亚纳海沟刚探底，珠峰雪域早登巅。
疫魔爱缚东方耀，五妹回归寰宇宣。
征战鼓声擂动急，复兴大业写空前。

乌夜啼　退休回乡吟

外出支边久，归来未改乡音。左邻右舍招呼语，亲切又舒心。　　荜户苔阶荒草，墙头顶漏遗痕。家园久废重收拾，岂顾雪霜侵。

● **张涛涛**

向南浔途中

御风呼啸去，高速向南浔。
原旷一何杳，天低几欲沉。
绿林深似墨，黄叶亮如金。
又见寒霜下，清秋动客心。

庄严寺银杏树

闻说庄严寺，天花满地金。
三千无所见，只有木鱼音。

南浔印象

闻道生丝遍五洲，经纶巨子善绸缪。
归心迎送三千客，适志纵横四十州。
襟带清流臻富寿，怀栖明月写春秋。
诚知大业非天力，到处逢人说象牛。

● **夏建萍**

早春四首

一

烟雨湿鲜华，因风起碧纱。
徘徊双燕子，掩映几人家。
陌野萦流水，新晴散早霞。
可怜芳草地，随意落樱花。

二

最爱踏晴沙，春郊入望遐。
海棠藏翠鸟，竹院有人家。
雨过千层雾，香飘十里花。
悠然图上景，讶我久咨嗟。

三

无计挹春华，来餐五色霞。
杳然行小径，独自赏新葩。
影碎莺啼树，香凝蝶落花。
正当三月景，到此忘还家。

四

春色撩人醉，晴天几片霞。
晨光披竹径，碧水浸明沙。
游女惊花雨，农家挖笋芽。
佳园多好景，风韵独清嘉。

● 吴津生

岁暮追怀

阔别家山四十秋，青葱记忆梦常留。
因思负笈天涯远，忘却穷经逆旅忧。
此去有期犹有路，只今无系亦无舟。
馀生委寄他乡老，一抹残晖伴岁流。

桥

当年插队迹痕寥，惟识村前石拱桥。
明月牵携河畔柳，青葱约会小蛮腰。
侵晨对影横溪越，入暮双人映水聊。
苦岁同舟成伴侣，那情那景未迢遥。

豫园遇发小

邂逅湖心九曲边，似曾相识意茫然。
乡音未改乳名叫，旧梦复甦双手牵。
年少青丝尽成雪，龙钟往事亦缠绵。
与君今日豫园会，了却关山杳隔缘。

● **庞　湍**

初　春

草根发嫩芽，老树绽新花。
乳鸟巢边唱，童声进我家。

晨　妆

清晓出门外，樱花路畔开。
春风吹彩瓣，簪我白头来。

寻　春

老夫及早寻春乐，一朵鲜花一首诗。
正是江南景物好，风行陌上不知疲。

● **葛贵恒**

喜春来　水仙

俪兰不用东君唤，花信风传早在先。遥看大野尽春烟。欣可闲，澹泊一如前。

鹧鸪天　桃花

蕾绽枝枝早叶先，华光灼灼泛春烟。香芬漫溢游人醉，艳态纷呈彩蝶欢。　春未尽，梦追圆，新桃累累在枝悬。瑶池盛会从兹别，乐助农家壮稔年。

浣溪沙　海棠

不占东风第一枝，偏安饮露沐春熙。垂绦系蕾寄情思。　　百卉悄然红渐瘦，惟伊依旧是丰姿，为春归去壮行期。

● 曹祥开

长兴楼

久慕南翔羊肉香，满楼食客笑声扬。
佳肴名点群英会，扫码开单感慨长。

镇江纪游

一、金山寺

此地当年忆旧游，清波载梦激情稠。
临江古刹金山寺，多少传奇故事留。

二、焦山

焦山胜地映江流，御苑行宫岁月稠。
悲壮炮台催客泪，碑林文墨耀春秋。

● 刘金根

陈云故乡

国之掌柜故乡亲，云望练塘塘映云。
照壁圣堂桥上过，弹词一曲慰元勋。

咏　竹

参天拔地绿猗猗，凤影龙文逸秀姿。
青士不撩蜂与蝶，无华峻节雪亲知。

檀　园

两代一门三进士，檀园为号李流芳。
诗书画印随心作，手笔涂鸦芥子藏。
不拜宦官千古事，敢吟律吕二皮黄。
票张海派新名片，佐证南翔典趣长。

● 刘振华

佘山月亮湖

佘山脚下一明珠，水色天光云卷舒。
乱落桃花飘赤雨，烟笼翠柳隐如无。
凌空振翅鸣鸾舞，逐浪飞舟伙伴呼。
逸兴遄飞吟诵处，江南水墨不需图。

崇明花博会二首

一、绝句

扬子江潮兴喜浪，大蝴蝶展翅翱翔。
奇花异草风骚领，姹紫嫣红尽向阳。

二、蝶恋花

浩浩长江腾喜浪。一路高歌，宝岛崇明棒。异卉奇珍同竞放，千红万紫山河壮。　　蝶状园林东海镶。蜂蝶纷纷，百鸟齐鸣唱。万国衣冠花博亮，云端鹤发频盈眶。

● 季　军

双清别墅

苍山古苑掩云枫，一派秋光映日红。
石径麟苔寻胜迹，进京赶考证毛公。

● 季　镔

苏州河畔

申城最美景观河，夹岸崇楼亦甚多。
往昔浑浑全秽水，而今漾漾近清波。
精心治理臻佳境，继续坚持谱浩歌。
我立花丛长椅畔，画图摄影忘扶疴。

颂袁隆平

粮食英雄黑夜星，神农再世为苍生。
着迷禾下乘凉梦，眷恋国中富粮情。
矢志科研杂交稻，热中世界共温馨。
耋龄累倒田间道，济济诸生勇继承。

赞吴孟超

大医崇尚为黎民，吴老精诚泣鬼神。
服务病家何恳挚，献身信念特纯真。
精良医术生良案，博大胸怀创大勋。
院士仁心垂楷范，英容永志仰星辰。

● 张贵云

祭悼袁隆平院士

噩耗惊传欲断肠，哀思国士恸悲伤。
袁公沥血为民饱，稻米盈仓祭俊良。

悼念吴孟超院士

巨星陨落国人惊，痛失医家一杰英。
妙手回春肝胆照，功勋卓越世辉荣。

● 甘美珍

钓龙虾

春日小暄行，晴熏茎露清。
银钩飞水入，香饵惹虾争。
欲语然微笑，寻思乃大烹。
不妨麻辣口，贪畅一云觥。

梦访吉维尼莫奈花园

昼短夜长初夏到，风清月白故圆临。
睡莲幽雅娇姿丽，美女舒眉侧卧荫。
折柳寻诗千树影，参禅入定九桥林。
风光旖旎巴黎镇，浪漫深情莫奈寻。

● 徐上杰

满江红　谒腾冲国殇墓园

来凤山前，忠烈聚、安息寝陵。驱倭寇、舍身填越，浩气常恒。亮剑挥戈原国土，捐躯流血夺边城。岁月流、青史战勋垂，悲泪盈。　乾坤转，天下平。民族愿，梦求成。古镇今新建，和顺传名。绿水青山皆秀美，升平歌舞慰群英。不相忘、待一统中华，遥祭灵。

江城子　江城清明祭

寝园雨止泪消尘。恨瘟神。祸平民。江汉悲哀，凄恸哭新坟。庚子疠风真象惨，晨染疫，晚丢魂。　白衣天使再生恩。本同根。慰亲人。与毒拼争，苦战捷书频。华夏已先幽暗日，寒食夜，又逢春。

蝶恋花 谒龙华烈士陵园

先觉龙华陵寝葬，时近清明，祭祀怀忡怅。洒血抛颅忠赤党，丹诚一点人尊向。　　使命初心焉敢放，百载春秋，执政民生上。圆梦脱贫详实况，慰吾英烈承欢畅。

● **沈永清**

胡　杨

半身柳叶半身杨，万古盐滩是故乡。
千载风流千载守，再眠千载亦无妨。

芦　苇

三月开春满目青，绵延百里雁安营。
每年叶绿知恩泽，图报天山水养情。

沙枣树

林外围边为固沙，挡风不愧是行家。
繁枝不厌芳苞密，香杀江南满地花。

● **楼行斐**

唐多令 初秋

雨霁水明山，夕阳又灿然。起西风、凉透东滩。榉树疏林惊季换，一叶落，又秋天。　　入夜不思眠，清空明月悬。浪声稀、冷寂庭园。世上灾频无计阻，生死别，泪如泉。

踏莎行 游淀山湖大观园

茂树蒙云，芙蕖带露，晨曦青浦湖南处。画船缓渡水中央，孔桥石砌园成趣。　　高耸红楼，低徊白鹭，潇湘斑竹引人旅。怡红快绿美如期，堪留宝黛归来住？

西江月　初秋送挚友远行

明月楼台送别，清风海上徐吹。朦胧往事已难追，落叶又浮秋水。　　今日离申南去，何时候尔东归。纯情不老待芳菲，万里寄心和泪。

● 沈志东

临江仙　春暮花落有感

雨微云暮东风老，偏教花落分明。转将浓淡寄飘零，几分沉醉几分醒。　　未必擦肩人不识，感君青重红轻。天涯何处觅多情，昨开今谢与谁听？

● 李小锦

渔歌子　大蓝鹭

一

独立溪头日渐低，湍高风冷钓翁姿。涛正急，影毋移，渔樵石渚一生痴。

二

潮起潮回浊浪汹，独栖寒暑自从容。遨碧海，搏长空，嫦娥妒我一蓑翁。

● 杨卫锋

过铁黄沙有句

一

轻阴日淡雁飞南，玉马连绵苦作甘。
独立江头盛逝水，凌高烹作一壶岚。

二

薄露轻烟十里葭，春浓秋水漫淘沙。
江头自得真名士，不换琅嬛一朵花。

● 葛思恩

闭　门

闭门遮月雾重重，斗室难容六步封。
梦里西窗风雨落，远山依旧绿苍松。

浪淘沙　忆江城

子鼠咬江城，胆战心惊。千山风雨忘归程。万里摩天携众志，谁守长庚？　　雷火两神营，荟萃群英。恰听天使磙繁星。劫难历经春光旧，犹记风霆。

风云酬唱

【迎新唱和】

● 褚水敖

新年情思

元月重来百感生，骤然情境化澄明。
神驰往日思犹惧，心寄明朝梦亦清。
诗笔纵横超旧笔，书声幽雅起新声。
光阴寸寸今更惜，瞻顾前方又启程。

● 胡晓军

恭和水敖先生 2021 元旦新年情思

昨夜梦归如复生，灯明又转作天明。
向文而学翻书乱，究哲之思问水清。
老境初经经胜景，小诗新和和涛声。
登舟须满载茶酒，邀得春风伴一程。

● 姚国仪

步水敖吟长新年情思韵

海关钟响伴潮生，天地焕新江月明。
国计还从民瘼计，河清且俟世风清。
荧屏阵阵吟春曲，微信频频贺岁声。
共克时艰激忠勇，试看鹏翼展云程。

● 侯建萍

恭和褚老师新年情思

满院幽香雀跃生，相逢一笑见晴明。
揽河照面天光亮，蘸露挥毫地气清。
昨日转身成旧事，今朝昂首有新声。
遥遥岁月常青树，日历翻开又启程。

● 李 环

步褚老师新年情思韵

白发殷勤逐岁生，人情常向俗中明。
经寒鹤骨迎风劲，历世松筋傲雪清。
自古繁华求宦路，几家寂寞诵诗声。
一年光景今新始，依旧初心不改程。

● 郭幽雯

次韵褚公新年情思

一轮丹日破云生，新岁开元气象明。
落帽寒风潮水急，登高远岫晓烟清。
虽逢冬月少春信，且听吟歌多颂声。
心底纵然有千结，河山游遍忘归程。

● 楼芝英

次韵褚老师新年情思

元日元阳元气生，乌云庚子渐晴明。
梦回去岁尚心悸，重寄来年企镜清。
安得小吟新旧事，自惭强和古今声。
褚师自有中堂肚，垂谅小舟初发程。

● 杨毓娟

次韵褚水敖先生新年情思

一年佳节始元生，日色晴寒景亦明。
凋树虚窗空碧落，拥书醉眼乐馀清。
欲将诗外短长句，堪比檐边夜雨声。
梦里屠苏谁与共，等闲笑语启新程。

诗社撷秀

【临港·书院诗社】

● 殷　雷

贺书院剑川携手文化帮扶

明珠藏澹海，诗礼润村乡。
美玉深山聚，桃源古木苍。
粉墙同隽秀，楹栋共安康。
书剑恩情录，文昌永勿忘。

访李雪舟烈士故居有感

金风秋水怀先辈，茅舍新颜桂霭飘。
革命一方除匪寇，悬壶半世慕黄尧。
扁舟逆旅寻三昧，暗柳飏空舞九韶。
荏苒乡村桃李盛，诗书满院报琼瑶。

李雪舟烈士，号秋水白萍，浦东书院镇李雪村人。

临港感怀

蒹葭繁蔚驱昏影，穹宇清澄烁曙光。
曼曼金龙腾雾霭，辚辚铁马跃汪洋。
海天一色风雷过，广厦千重梓里昌。
滴水晶莹终入海，孤心赤热总朝阳。

● 顾东升

小　城

独守凡心不问秋，红墙总在眼前留。
虽无古迹垂青史，却有和风拂小楼。
小贩沿街生计好，雏童绕宅笑言稠。
幽居何必桃源觅，一份轻闲一叶舟。

雾

入世迷茫欲觅津，虚无境界几回真？
轻扶草木误当友，漫拢山川若访邻。
障目深藏多少梦，低头只有万千尘。
当知昔日繁华处，守望依稀是故人。

野　渡

青苔枕石卧河东，淡看云天与水同。
不问春风波浪里，犹怜岸柳雾霜中。
琴弦一缕调清韵，明月半轮沐晚风。
但借轻舟留客影，行程何必太匆匆。

● 王　惠

寒夜思

夜半星垂疏月隐，屏间笑靥看犹怜。
寒宵倍念他乡子，万里萍踪似眼前。

归　燕

经年好景何时有，雪后青空飞燕忙。
一抹乡愁穿雨雾，春泥衔梦绕清香。

咏　麦

风吹麦浪金波涌，束束锋芒试比高。
若为人间知饱暖，甘心玉碎弃华袍。

红豆梦

一缕相思绕玉丛，弦音悱恻漾心泓。
随风入夜柔肠诉，醉饮光阴梦豆红。

● 顾方强

暮秋于药谷遇诗与万物诗歌雅集

清凉楼谷坐禅风，素练秦娥舞半空。
乐起丛芳争夕照，喧嚣少息几云鸿。

秋　日

归林恰是斜阳里，陌上轻烟一线飘。
鹤唳江南何所愿，负暄郎朗白头摇。

新场古镇四库书房观七夕情境音乐会后作

南山古寺旁，四库书房前，夕阳西下，霞光旖旎，三五友朋络绎入座，乐声缓缓起，菡萏当空舞。古凡艺术策划的“七夕”情境音乐会如约上演。清香园里一起邂逅月色溶溶，秋风缕缕。

琴醉秋阳美，池蝉绿里鸣。
芦扉人起舞，笙乐鸟飞迎。
不胜清吭亮，何堪俚曲轻。
引篙齐发愿，寄目送灯行。

● 王丽坤

塘北观春

塘北春光情几度，潺潺碧水不言归。
流莺百啭烟村暖，桃李千姿暗柳依。
绿野花蹊存古韵，粉墙绣户换新衣。
蓦然青舍鸣琴起，逸士诗兴为嗣徽。

【松江·云间韵文社】

● 沈亚娟

致敬卫国戍边英雄

青山凝眺泪难干，折翅雏鹰葬雪滩。
驱寇宁须流血尽，卫疆不可失沙丸。
五雄身架昆仑脊，九域民安社稷盘。
面向边陲三叩首，云峰壮美勿言看。

上海九棵树未来艺术中心

玉芽萌土绿林间，牵挽清波浥秀颜。
脚踩璇阶心跌宕，眼随彩釉笔斑斓。
融和艺术通灵气，开拓舞台登泰山。
阵阵贤风吹沪上，悠悠天籁奉江湾。

● 赵　靓

游　园

一

芳洲绿柳点清波，一路微风翠鸟歌。
莫叹春归樱落尽，林中草盛小花多。

二

漫步佳园小路长，流光燕影蝶飞忙。
樱花落尽无从觅，满架藤萝递暗香。

● 徐登峰

圆珠笔抒怀

身长三寸赛吴钩，伴我吟摇唱打油。
学画梅精红点点，赋诗字秀韵悠悠。

莫须墨海龙蛇舞，妙用毫端气势柔。
吐尽琼浆芳馥在，韶华不负写春秋

满江红　八一颂

纪念中国人民解放军建军九十四周年

破碎山河，惊涛处、豪雄激越。齐逐浪，负戈英武，比肩争烈。湘赣枪声传世界，井冈鼓角惊山月。万里征，驱寇溃东洋，旌旗拂。　　求解放，天地阔。鳏老蒋，王朝灭。跨江同亮剑，虎狼才竭。热血强军人苦练，固边守土心难歇。绘一统，华夏梦成真，宸心悦。

● **张　俊**

甘州曲　春饮

隔年梅雪制松醪。晨露汲，煮云膏。染云泼月舞春袍，多少醉翁操。江渚上、皆付广陵涛。

踏歌词　夏趣

荷伞芙蓉帐，莲溪翡翠巢。青凫双影影，雏雁众陶陶。从食择平潮。哨响乱莪蒿。

醉太平　秋思

烟溪露泉。繁花畅轩。朱桥九曲栏杆。映秋波碧鸳。　　夜调素弦。晨拈佩兰。新诗谁又知怜。梦春风玉关。

● 李国良

进京赶考（新韵）

柳色依依驭马行，主席赶考赴京城。
那堪己丑新经布，可叹甲申前事惊。
腐败莫教蹈故步，为公从此按规程。
初衷更显其坚毅，磨砺才能见玉成。

己丑指1949年召开的七届二中全会；甲申指李自成进京时间。

建党百年有感井冈山

扼据茨坪步绝尘，旌旗漫卷起洪钧。
朱毛合璧红星闪，军阀重围白匪屯。
壁垒森严同力敌，烽烟惨澹却怀亲。
青山抒写凌云志，八角楼辉耀九垠。

● 柯峥秀

游九科绿洲公园

金风送爽艳秋阳，乘兴临游荡气肠。
洲渚鹭鸥闲啭嗓，柳塘波水漫生凉。
家山画美新霞锦，葭苇花白旧岁霜。
风物寄情留雅客，秋思匀染桂清香。

咏侯绍裘烈士

情付苍生一帜擎，莽塬寒夜启光明。
传承薪火弦歌响，拯救危亡虎口行。
破碎身躯生死许，飘摇社稷梦魂萦。
秦淮水月昭肝胆，浩气凌云玉宇清。

● 张贵云

上海崇明岛风情

沧海桑田起屿洲，霞霓紫蔚柳绦柔。
欢歌鸳鹭嬉清水，轻舞蒹葭舒倦眸。
陌野苍葱遮石巷，江滨烂漫染金秋。
钟灵景秀神游地，陆岛风情客恋留。

上海七宝老街游吟

蒲塘泗水汇流融，古刹留遗宋韵风。
曲巷长街青石路，粉墙黛瓦绿梧桐。
琳琅店铺迷游客，美味糕团乐少翁。
吴越一方珠宝地，依然旺气显兴隆。

● 何 暐

端午寄怀

战国纷争鼙鼓乱，良臣遭贬泪双眸。
离骚绝笔哀常咏，橘颂长歌恨未休。
取义含悲怀故土，舍身泣血洒江洲。
忠贤傲骨今何在，楚水难承万古愁。

游忠县石宝寨

一峰峙水秀玲珑，殿宇巍峨陡壁中。
无意补天虚夜月，有心入画醉江风。
梯云直上凌霄近，玉印精雕浩气丰。
帆影晴空峡望远，蓬莱妙境此间同。

● 张淑琴

小　满

田家逢小满，此日更须忙。
鸡唱除枯草，蛙鸣采嫩桑。
一床蚕茧白，十亩麦芒黄。
雷雨为膏泽，丰年禾黍香。

庚子重阳游花开海上生态园

浦上秋光好，同邀返自然。
繁花延远岸，碧草满荒阡。
心静愁烦断，神怡意兴闲。
野田游不足，结伴夕阳还。

● 张复毅

三宅缘墨

仓城神韵月浮沉，竹影轻摇抚雅琴。
鹤起低回三泖水，霞生掩映九峰林。
笙歌暮雨飘飘去，翰墨幽兰寂寂吟。
欲拜潼师吾亦老，鸟鸣檐上唤童心。

● 吴文利

入　夏

茸城四月探花信，一树幽蓝次递开。
布谷声残烟雨里，忽闻半夜噪蝉来。

贺建党百年

石库燃灯聚俊豪，红舟破雾起洪潮。
莫嗟百载崎岖路，重拾河山震九霄。

● 许际元

立　夏

暗柳恭垂欲送凉，田园一袭绿罗裳。
桃红梨白随春去，留得蛙声满碧塘。

太行春酣

穿越关山入晋南，太行险峻叹为堪。
断崖陡峭如神劈，怪石嶙峋似鬼錾。
水落江滔飞雾白，山擎树曳接天蓝。
驱车聚会三千里，一路薄岚春正酣。

● 徐天安

首届廊桥诗会即兴

春日回坑曲岸边，东风遗句待人联。
菜花围住长安客，布伞撑开细雨天。
不解廊桥称善述，期从石刻认庭坚。
老夫惭愧居修水，空有诗心未有篇。

墨香楼吟稿付梓有感

归闲已是鬓添霜，有梦常回宋与唐。
只字未安身辗转，五更初定笑疏狂。
抒怀笔草鱼龙舞，落款风生翰墨香。
一卷吟成心自醉，渐宽衣带又何妨。

● 周启云

中秋望月思

举目星空一镜悬，银花火树夜无眠。
南漂十载申城客，不改乡关月更圆。

● 宋思洁

梨花吟

白雪满枝三月花，杨妃带雨入诗家。
重观今日梨霜客，除却伤忧感物华。

古稀辰吟

如水时光七秩辰，白驹一瞬不留痕。
莫言古往已高寿，盛世才称第二春。

● 张开江

听雨遐思

久在江南何所争，云间羁旅与诗盟。
常听雨曲尘心洗，爱绕荷池拙笔耕。
我枕清风温旧梦，谁斟烈酒共豪情。
回眸不觉天涯远，乐享天涯坦荡行。

醉白池端午怀古续吟寄屈子

端阳怀古千年叹，醉白池中把史温。
屈子忠魂常久祭，怀王枯骨已无痕。
忧怀家国香兰佩，淡却功名后世尊。
试问龙舟何以载，丹心一片撼乾坤。

诗苑纳新

● 高　行

下乡五十周年记吟

少年初识老相逢，五十春秋梦里踪。
泪眼声中谁曼舞，白头翁媪兴何浓。

长相思　母亲节思念母亲

心相垂。泪相垂。十载光阴一箭飞。人生痛别离。　　我长思。你长思。思到何时都是悲。梦中今有归。

行香子　荷花

十里荷盈，一夏莲青。听蝉鸣、天地安宁。探戈水凤，芭蕾蜻蜓。看蝶初来，花初放，雨初停。　　香风倩影，清浪稀声。说西施、羞与谁争。古今君子，何许伶仃。剩眼中景，心中梦，世中情。

● 杨艳婧

浣溪沙

双鹤排云过小楼，渔夫添酒晚垂钩。闲来往事尽绸缪。　　沈苑难行非恨路，桃花唯恐见白头。残阳一片水悠悠。

减字木兰花　念知己远会宁府有感

花灯如昼，笑语莺声行客走。柳树兰舟，渔火应知残月愁。　　往昔犹记，尺素互传缯书寄，独倚栏杆，无尽相思无尽山。

蝶恋花

亭榭喂茶羞絮语。玉燕双飞，恰躲桃花雨。元夕祈签白首路，短衣铁马求名赴。　　沙场逢生千鏊阻，载誉归时，却作王兄妇。多少痴心留不住，怎知半世终空付。

● 黄唯君

端午吟

猎猎熏风起，菖蒲又碧莹。
栀花香寄远，艾月色流清。
飒飒英雄胆，泠泠儿女情。
凭栏多眺望，洒酒祭峥嵘。

蝶恋花　梦归何处

六月熏风吹玉树。杨柳依依，绞尽相思缕。谁把银丝缠细处。一行雁锦凭空去。　　满目花红铺旧路。开到荼蘼，一阙无尘雨。衣袂携风呼寐语。犹惊好梦归何处。

一剪梅　一册梅香万蕊娇

一册梅香万蕊娇。丝线缚页，墨点梅梢。伯仁独爱雪中姿，霜傲枝头，以画形招。　　绘素安贞日渐消。且把痴凝，岁序轻敲。西泠今据古倪园，喜遇重刊，抱玉当朝。

庚子年农历九月十七日得《梅花喜神谱》一册，心喜于色。

● 张静丽

雨中游青西郊野公园

乘兴赴郊野，芙蕖娇可怜。

红妆凌水秀，翠盖滴珠圆。
莫羡鹭翩舞，难寻鱼贯眠。
心随小舟远，陶醉已登仙。

小重山　每逢佳节倍思亲

常忆儿时年味浓。双亲忙灶火、蜡灯红。承欢膝下桂园东。除夕夜、璀璨耀星空。　　今又雪霜逢。夜阑思故土、眼朦胧。白头偕老独情钟。琴声诉、愿比翼随风。

● **杨觉芬**

北　斗

金星北斗绕寰中，自主导航堪世雄。
瀚海千山全妙入，神州万里显精通。
高科三代飞腾梦，重器九霄翱翥穹。
龙的传人壮其志，扬眉吐气贯长虹。

破阵子　积粮

麦浪层层翻滚，花容朵朵芬芳。田野欣陈酬汗水，稻穗丰登满米仓。金秋笑语祥。　　垄上悠悠烂漫，盘中粒粒馨香。节约增能之国策，富足思危谋久长。俭勤美德扬。

● **金孝菊**

吟桂花

喜看月上桂梢头，正值风中带馥幽。
几树繁华清雨落，满庭素色冷香流。
瓣烘芳茗兴茶灶，蕊酿醍醐醉酒楼。
金粟万千仙气秀，拾枝瓶插一秋收。

浪淘沙　赏菊

时下菊闻香。邻苑幽芳。约朋同往影留忙。寻蕊共欢寻玉彩，雅韵仙妆。　　悄立御风扬。傲雪欺霜。风携淡淡入寒窗。枝瘦东篱添胜景，花俏呈祥。

● 王建英

感　秋

静静斜阳照小楼，倚窗怅惘几多秋。
倦鸦归晚声声噪，落叶逐风片片浮。
雁阵凭空崖望断，红尘信是梦无酬。
孤怀依旧拂风处，霜月堪铺一地愁。

酷相思　自况

好傍江山佳处住。竹阴掩、紫荆户。爱雅韵、悠悠长短句，燕至也、吟香露。雁去也、吟清露。　　曲水千重芳梦路。平仄里、轻轻诉。唤一缕、清风沧海处。潮涨也、凭浪舞，潮落也、凭浪舞。

● 诸文进

端午节前偶得

小室雨垂檐，晨光候卷帘。
粉墙移影幻，棐几脱尘纤。
节令熏苍术，年华负绿髯。
襟留香草气，曾不羡貂襜。

时将冬至隔墙传腊梅香于西邻

腊梅篱落出枝斜，欲叩邻门乞摘花。
忽念生机通老干，更怜疏影共寒芽。
好留密蕊盈庭树，未许铜瓶夺岁华。
坐待西窗升霁月，浮香永夜几人家。

风入松　麈谭

云松巢里麈谭酣，何必挈双柑。黄鹂声脆听墙外，忽而北、忽在楼南。唫兴被伊缭绕，襟怀对此詀諵。　　醉侵花气蔚昙昙，莫笑酒杯婪。缃囊一枕黄昏后，掌灯时、纵笔差堪。愧说志膺鸿鹄，恬然剔拂书蟫。

● **严大可**

避疫近况

无处逃秦尽楚囚，匕厨日试蜇消忧。
虾蟆髀厚退之嗽，蝙蝠人憎苏子愁。
饾饤纷呈任刀俎，韭花肥羜巩金瓯。
莫言调鼎须盐豉，涕泪酸辛岂着喉。

泉州慎斋道兄命题周石窗丈

东坡诗册奉作（时丈尚健）

百岁平生几换世，如花宠辱不黏身。
早经西学声名巨，酬接群贤少长邻。
书仿眉山同旷达，宧俑红豆最天真。
四明耆宿今多许，更颂诗翁老复春。

● 许成霞

治瘟逞雄迎新春

一

病毒汹汹逞祸妖，寒深助孽肆刑潮。
全球暴折千千万，唯我华治斩瘟招。

二

寒折绿树枯株朽，毒逼良医披战衣。
虽有瘟神愁不止，雪融白草又新机。

水调歌头　三河怀古

宁阳三河水，过市穿青山。千年溪谷，天下惟黄山头源。东河清风白鹤，中津灵泉明镜，西水汇江连。俯瞰川流娇，痴杆老翁仙。　爱烷溪，彩桥路，夕阳滩。岸林尽染，满树霜叶喜开颜。残照韶光收尽，日暮画帘才卷，幽径自悠然。谈笑人依旧，怀古赋新篇。

三河，指穿城而过的三条河，东津河、中津河和西津河。

● 秦裕斌

虞美人　读美芹十论

当年十万平戎策，换了三朝耻。霜风朗月对闲时，乃信英雄多有不能为。　而今壮志还余几，寄了江湖里。凭夸吴越好云烟，却是长安人物胜临安。

浪淘沙

结发欲从游。何处淹留。今时槐月旧亭楼。为识秦郎真记否，重上楼头。　　楼上对云洲。看尽归舟。几孤烟草几浮鸥。欲把雄心图一醉，梦里还休。

念奴娇

常山虎子，有一腔肝胆，射将军石。天下讻讻孰为是，肯付此身从贼？桑梓知忧，桂阳辞色，简策留青笔。命非老臣，不由天叫灯熄。　　荆州扶主时危，四十二岁，缚手忘归迹。长坂桥间魂荡处，曾是旧时故国。一剑轻侯，万军草芥，仍作今日失。此生已远，再图来世执璧。

● **欧阳田融（中学生）**

考　试

愁云一脸开，考试不停来。
谁解心中意，几分总难猜。

看瀑布

青涧银河泻，山前落玉珠。
争先抢几粒，入手瞬间无。

父母加班

饭余濡墨起思端，父母加班我变单。
独赏星辰生逸趣，书成作品慰心宽。

● **王佩玲**

主持感言

舞台光彩聚，瞩目立华堂。
款款从容叙，欢声四起扬。

读家训感言（新韵）

君子书香经代传，知行守道傲文坛。
炎黄兴盛家风梦，愧省心追累也甘。

花木文学沙龙中秋会

中秋明月满窗棂，聚会沙龙鼓乐鸣。
老汉吟哦呼浩荡，佳人唱咏舞娉婷。
银辉闪闪流神韵，玉镜煌煌动性灵。
酒洒诗魂花木喜，结缘知己泪零零。

● 张明友

乡思四首（新韵）

十·一归乡夜眠有感

虫鸣灯愈黯，风雨落花生。
滴露丹枫叶，忽觉天已明。

雪夜乡思

笺开故里远，月照太虚清。
斟酒聊为藉，杯寒墨亦凝。

新游子吟

一

天高云淡远乡关，独立层巅晓月寒。
啼尽子归春已晓，天涯望断过春残。

二

乡关愈近愈心涟，慈母扶门泪已潸。
浊酒微醺心已醉，冰心尽释玉壶欢。

● 甘美珍

玫瑰花茶

孟冬暖日但烹茶，暮岁熏风且嗅花。
翻卷沉浮舒展去，繁华陌路各天涯。

倒春寒

霏霏春雨冷风飕，郁郁寒宵清露忧。
畦外泥行萋草蔓，江南梦里起诗愁。

赠　别

孟秋七月晚蝉鸣，前雨三更宿鸟惊。
独影阑珊全寤寐，堆来枕上满怦营。
尘缘平素皆如水，世事红尘渐自明。
夜半披衣写心起，寻诗一首赠行卿。

● 王祖定

赞延庆赤子

奔来眼底傲苍穹，万里青山卧巨龙。
此处巨龙皆赤子，迎春一跃扼云峰。

读德明兄白水闲草三集并步退休后原玉

安心养老迁居沪，手机交游未老痴。
喜入联圈思绝对，曾同曲社品新诗。
名山数涉心犹奋，小恙难教力不支。
只为养生图耄耋，他人谤誉任由之。

长相思　世园会

此园芳，彼园芳，万紫千红竞吐香。青山映碧窗。　沁徊廊，漫徊廊，点点冰心付夕阳。吟诗与远方。

● 崔天一

望莲花峰瀑布

驱车万里来秦岭，绕雾穿山沟底行。
仰望莲花峰上看，通天白练面前呈。

春　叙

细雨熏风润海湾，春晖气息沐人间。
杜鹃蕊放红遮地，油菜花开黄遍山。
垂柳映湖垂柳倒，燕群穿屋燕群圜。
一泓流水溢天外，陶醉神仙莫等闲。

登西安北城墙

长安北望卷云凶，铁马奔腾对阵冲。
踏草挥弓撕艳季，履冰举戟战隆冬。
彩虹飞过阳光碧，热血驰流水色彤。
骊美风骚今可在？乾坤浩荡现真龙。

● 罗雪珍

忆　昔

忆昔同窗友，年韶志勿虚。
读书窥世界，吟笔学耕锄。
叙旧情还在，言欢兴未疏。
品茶追往事，三盏醉当初。

当年六九届知青上山下乡“一片红”。

奔七路上

薄暮苍山向古稀，诗情花发似童时。
老身晚学谁嫌拙，笨鸟先飞我自知。
两鬓染霜仍有待，一心逐日志无移。
朝书夕改常持笔，吟咏佳成当可期。

卜算子 鼠年送瘟神

岁暮雨潇潇，新疫惊寰宇。宅舍休闲我自珍，守望除魔助。　　武汉已封城，防控全民赴。天使前沿驱疫忙，凯奏亲朋聚。

● **詹毅敏**

雨　水

难约雨丝除秽尘，清和风景也怡人。
更听燕语知春早，且自烹茶且自珍。

怀念评弹艺术家杨振雄先生

丰神温雅有儒名，书卷怀风韵自清。
跌宕高昂缣帛裂，深沉低婉绮云行。
峦岗打虎惊松月，剑阁闻铃泣玉卿。
仙骨本非尘世种，吴侬何处觅雄声。

诉衷情令 游园惊梦

熏风烟柳可人天。幽碧伴红嫣。青山杜宇啼遍，恰爱好，是天然。　　情叆叇，意缠绵。两流连。梦回春昼，美眷良俦，忍负流年。

● 杜和平

同学聚会有感

遽别青春日，今逢鬓已霜。
闻名惊乍见，道姓忆前相。
忍叙昔穷景，欢呈今靓妆。
夕晖来路艳，挽手海山翔。

戊戌初夏游宜兴

一

晨起旅车动，欣行阳羡东。
微雨心自涤，新霁景咸融。
翠波龙背丽，塔耸宜园葱。
徘徊劝学廊，细酌限韵中。

二

陶都生溢美，迈径采风旌。
塔耸挥云乱，桥虹捋水平。
花开靓女近，瀑吸摄男睛。
阳羡非常地，留心有醉情。

● 杨秀兰

初夏郊行二首

一

兴起思何处，绵延翠竹林。
到山原野阔，分岭水流深。
高阁看飞鸟，南风吹素襟。
槐花香四溢，回首一沉吟。

二

可是乡村好，依稀似辋川。
蝉鸣林树上，蛙鼓稻田边。
豆荚细而嫩，河鱼肥且鲜。
人家分远近，向晚起炊烟。

巫山一段云 巫山红叶

绚烂危崖上，缤纷寒日时。满山遍野画成诗，熠熠映朝晖。　　根系家乡土，身披霞色衣。深情已自许芳菲，叶叶盼春归。

● 顾宏杰

念奴娇 祁连怀古

祁连俯瞰，略罡风劲草，千里萧瑟。皓皓雪山危凛凛，独守秋原荒僻。烟气冲云，阴霾笼塞，断雁鸣仓迫。胡沙昏蔽，梦回尘古朔北。　　天假大汉英才，骠姚新锐，孤胆驰穷域。剑指单于追绝海，飞骑纵横骄逸。马踏匈奴，刀寒漠野，犁扫西戎国。少年功烈，慨叹青史彪赫。

渔家傲 冬日登居庸关抒怀

雪锁雄关冰锁道，气冲沉雾昏天搅。嵝嶂断云回悸鸟，当绝峭，游龙纷竞岚霏缭。　　千古功名汤火讨，几多壮烈春秋耀。暮薄居庸烟浪浩，凭风眺，蹉跎岁月空悲啸。

● 瞿　波

重游吴塘牡丹园

村园二度来，只为牡丹开。
粉瓣摇瑰梦，金芯藏蜜怀。

虽惊经岁久，更叹友情栽。
瑞旭堂前燕，至今喃董才。

奉贤四百年古牡丹为粉妆牡丹，乃明末董其昌赴任南京礼部尚书前夕，手赠其书院好友金君的，金氏家族世代精心培育。

海湾梅园

寒梅一剪海边开，惹动春潮天地来。
雨雨风风白玉洗，疏疏淡淡赤云裁。
绽时鲜萼妆危阁，谢处香毯铺雅台。
莫道滩涂皆苇色，江山彩绘靠人栽。

卜算子　唐梅

奉贤海湾梅园内，迁种一株唐代古梅。余凝望久之，似曾相识。

鹤立万梅中，气定姿飘逸。一脉幽香从骨出，雨韵池边溢。　沐尽宋唐风，解尽诗词律。已是神州轻古日，再守千年吉。

云间遗音

【季肇伟词选】

季肇伟，男，1951 年出生于上海，祖籍江苏泰兴。上海市作家协会会员，上海诗词学会、上海楹联学会会员。2009 年以来任教于上海老年大学文史系诗词班，并曾在多所高校开展诗词普及讲座。

玉蝴蝶 夜宿黄山闻远处琵琶声作

城东宾馆临街，星烁月西斜。隐隐有人嗟，伤神起怨携。　　宫商角徵羽，琶奏五音阶。和韵弄弦谐，梦中闻若耶？

浣溪沙 年华碎叶

未泯童心漫诉愁，与君雪唱岂方休。囊无妙句我凝眸。　　披胆漫嗟纾愿景，洗心敢诩献宏猷。掩文停键绪难收。

巫山一段云 月下独吟

慷慨吟且赋，流连去复还。偶怀灵感性情虔，撰句续佳联。　　皎洁云边月，潺湲心上泉。四垂星熠不思眠，乘兴煅残篇。

归自谣 环湖夜游

群友助，携我畅游湖畔路，碧灯夜放花千树。　　环湖情侣悄耳语，声幽曲，涟漪渌水心如许。

伤春怨 九月初九先母忌日

又到重阳忌，菽水承欢心系。别语忒分明，九载晨昏相忆。　　但教双鱼字，渺渺重泉寄。几度梦慈颜，醒泪滴，长斋祭。

清平乐　百日忌悼父

碧泉冬暮，风雪凋椿树。泣杖泪倾如雨注，隔海迢迢怎诉？　　严慈鹣鲽萦情，西行驾鹤幽冥。从此天涯合瘗，儿孙哭祭先茔。

虞美人　初春养疴临窗寄怀

双飞紫燕传芳讯，风暖知春近。此身何日再当年？一任梨花含雨水如天。　　当年误我金瓯别，情竭相思切。漫嗟年少志云长，叵奈东风窥镜鬓微霜。

定风波　题亦乐斋诗词集

琴趣清音六十秋，涛声雪唱岂甘休。梦短与卿吟屈赋，迟暮。迩来新作律中囚。　　老去诗篇浑漫与，谁取？行云相约似同游。白雪阳春情自远，留恋，囊无妙句我凝眸。

少年游　忆当年携女观灯

观灯携女出家门，十里漫行人。须臾迢递，绚光璀璨，红雨瞬缤纷。　　游人笑歇珊瑚树，欢悦与谁论。问女何思，骑肩答道，举手摘星辰。

鹧鸪天　故友造访

天霁新晴驱浊霾，镂心膝痛已轻排。长嘘病榻亲朋远，轻叩门扉故友来。　　吟赋赏，赌诗猜，豪襟倾吐诉离怀。抚弦焦尾平生愿，风韵双英一鉴开。

望江东　唱响国歌

重唱国歌血如沸，昔曾恨，山河碎！长城砥砺大刀锐，筑血肉，驱魑魅。　英姿勃发新人辈，擅拼搏，丹心佩。先驱遗志可堪慰？谨圆梦，宏图绘！

玉楼春　翻旧相册

儿时童趣心烦少，喜捉迷藏掏树鸟。天生爱读小人书，一荡秋千风落帽。　忘情最把新春闹，捂耳点香燃鞭炮。孩提娃脸几沧桑，霜鬓苍颜留夕照。

鹊桥仙　卧榻病闲吟聊自释

灯停向晓，夜阑瞬雨，一梦澹然记取。喟而今翠坠红凋，拭愠泪、沉疴如许。　倚床敲韵，展笺自语，纵使诗成谁与？此身误我复何疑，谙尽曲、重弹金缕。

蝶恋花　受聘老年大学诗词创作班

上巳劲松春不瘦，欣赴南塘，执教心知秀。韵律古今研习透，骚坛忝列诗词授。　知己忘年称我幼，瀚墨耕耘，屡屡情依旧。时序潜移诗债厚，孤檠夜读灯明昼。

祝英台近　辛卯年正月自寿

夜临轩，人未寝，无语独凝伫。月觑隆情，恰甲子初度。喟然回首人生，耆年何速！正怀释，青衫人暮。　梦歧路，长庚星烁清辉，银河竟飞渡。岁月如磐，即渐向何处？雁鸿凭寄心祈，觍颜低诉：博长健，天公休妒！

高阳台 纪念国剧大师梅兰芳仙逝五十周年

旷世奇才，梨园国粹，人间孰与卿同？一代宗师，悼君是为情秾。蹁跹奔月别姬舞，造化功，宛若惊鸿。掬丹心，馨似梅兰，艺曜长虹。　　身骑箕尾归天去，恸九垓悲泪，四海凄风。遥缅先贤，无寻碧落芳踪。铜琶檀板铭青史，陨巨星，衔恨苍穹。国之魂，一曲檀笺，难尽情衷。

锦堂春慢 读王国维人间词话

融璧中西，观堂别集，文坛艺苑奇观。碎玉瑶琼，今古锦瑟词篇。研墨著文思涌，把臂烹字情添。拓域开境界，性达相承，词话人间。　　献芹倾心文赋，载华章酌句，赤子情缘。吟侣相携酬韵，逸兴云笺。俊赏朝聆暮训，剩些许，如日耆年。拟约吟魂窃语：甘此馀生，仰继先贤！

沁园春 访白鹿洞书院

日照云萦，夕晚晴轩，五老望舒。聚洞幽书牍，青髫年少；烟蓑雨笠，白鬓村夫。仲晦先贤，创开书院，南麓文坛第一庐。御书阁，撰四书集注，自创新途。　　当初白鹿鸿儒。创理学衍延谁胜朱？仰晚唐李渤，公堤西苑；婺源云谷，甘棠东湖。养正遗规，同施教化，不使人生笔墨疏。天知否，俟轮回下辈，我也教书！

蓦山溪 闻国务院批准设立三沙市感赋

南疆海阔，雾障云千迭。怅邻寇横行，霸岛屿，蛮夷猖獗。百年留册，记铁证如山，碑勒迹，皆可阅，曾母天朝谒。　　三沙设市，瀚海蓝天碧。抬眼望西沙，骋轻舟，心驰一叶。永兴为轴，众志保边陲，情激切，心似铁。誓补金瓯缺。

满江红　百家讲坛开播金戈铁马辛弃疾

三径吟笺，年八百，月窥星谒。孰记取，美芹十论，殚精沥血？射虎惊弦平敌策，挑灯看剑中流楫。稼轩笔，立马槊金戈，心如铁。　愁漫诉，情哽咽；舒健翮，遗鸿雪。撷菁华浩渺，寄情功烈。慷慨催成肝胆赋，伶俜承继英豪杰。谁伴我，尊古仰前贤，今朝缺。

暗香　腊梅

霭云绕月，俟几番匹练、清光时节。待见玉人，磬口噙珠倚窗别。何逊含英欲吐，堪寄意，斜横相拽。惜未到，蕊绽鹅黄，香冷引双蝶。　冰洁，玉彻骨。羡寄与傲霜，斗艳迎雪。抱枝蕊诀，三九无言与谁说。应记初春日煦，轻暖曛，融魂飞屑。坠片片，怜倩影，怅归芳歇。

念奴娇　纪念老年大学建校三十周年

嘉期而立，杏坛良范聚，韶光过隙。砥砺三无从创业，黉殿六迁寻觅。皓首丹心，终身教育，体系呈功绩。以人为本，大哉群彦云集。　寓教于乐情深，良师授道，求索沿成习。银发程门争立雪，夕照青山人耋。秉烛之明，读书精彩，遐迩争辉熠。晚晴霞绮，远程一展鸿翼。

桂枝香　人民英雄纪念碑

昆仑岳麓，值祖国盛秋，旌旗如簇。汉玉碑前轻洒，泪红千斛。神舟破晓飞天祭，可安抚、英魂幽独？但看今日，人间暌隔，星河同宿。　忆往昔、中原逐鹿。继歃血抛颅，虎降龙伏。俯瞰人间今叹，万千心曲。建勋铭鼎开新纪，勒铭千秋续功牍。焕呼华夏，何时重霁，惠民强国?

霓裳中序第一 六十初度述怀

遐龄耳顺籍，一顾韶华如过隙。忆往骋驰展翼，洒清泪几行，逡巡因疾。黄鸡白日，镜里朱颜渐将易。争知我，漫嗟爱怨，细语诉君侧。　　如昔，赋词谐律，撷碎玉瑶琼探佚。耆年骧骥伏枥，作课诗翁，老去难息。展笺怀秉笔，肯夕照桑榆阒寂。休孤负，旧俦新侣，倚剑咏双璧。

水龙吟 晚晴夕照

晚晴忆昔思怀，西轩月影星相慰。忘欢恬淡，轻衣箪食，鬓稀聋聩。荏苒年华，将身世外，斑斓遐寐。念个中况味，思量一夕，梦空绮，虚掩被。　　休说朝红暮翠。怅浮生，尚应无愧。六旬犹少，和声鸣盛，寻芳兰蕙。拙笔行文，情真历落，衷肠揉碎。正扬帆韵海，瑶章献咏，尽心缘未?

雨霖铃 己丑清明

嘤鸣声咽，仰苍穹诉，泪雨难歇。虔心几盼重聚，遥归路渺，波音空发。十载朝朝系念，泣相与凝噎。怅恸诀，天不假年，杳隔黄泉奈河阔!　　人生最苦生死别。奠双亲，祭俸清明节。今宵梦里相见，空呓语、望穿乡月。反哺惊迟，应记、三生石上铭设。念去去，儿语喁喁，且与谁人说?

拜星月慢　首个国家公祭日

永矢弗谖，金陵公祭，汽笛长鸣声裂。肃穆庄严，奠神州忠烈。奏哀乐，国耻，屠城卅万黎庶，泪湔山河呜咽。苦雨凄风，遍秦淮腥血。　　哭生灵，赋诔昭残堞。烽烟息，恨孽仇重说。惕惕屈辱难泯，醒狮强邦抉。藐东夷，黩武穷兵折。狂安倍，痴呓终将灭。罄竹罪，巨谳难逃，捍和平震慑。

疏影　世博感喟

天南地北。遍五洲盛集，三载妍筑。歇浦芸芸，雕篆飞檐，翕然璀璨红屋。琳琅物阜诚如是，但怅望，双眉微蹙。世博年，耗费掏空，喟惜数年民蓄。　　犹记金瓯赤县，搅分化两极，黎庶沉郁。世道浮尘，燕舞升平，琼宇旌飏盈幅。临渊一片歌韶乐，嗅掩鼻，醉酣醇醁。等恁时，青鸟彤云，九域涅槃重浴。

摸鱼儿　甲午战争百廿年祭

海涛汹、怒嚣千迭，烽烟禹甸云雾。战艨腥浪硝烟里，黄海恨遗千古。天未许，甚不教、昆仑哽咽鸣悲鼓。百年甲午。任烈焰消磨，毅魂忠魄，勠力断肠处。　　金瓯缺，怯弱天朝割许。图强曾几迟暮。今闻倭岛嚣声起，海警旧仇重诉。君有悟，靖东屿、枕戈待旦巡疆土。倩君试觑：算祸起东瀛，翔鹰飞鹘，歼敌国防戍。

莺啼序　周庄吟

千年溯存古镇，众星相炳焕。纵眸望，绡玉鲛珠，淀山湖畔镶嵌。忆前事，人文雅韵，濡毫南社群英彦。数江南，第一水乡，九垓人赞。　　水绕桥街，小镇泽国，叹周庄巨变。汇人杰、桑梓招商，筑巢曾引新燕。煦春风、风情万种，暗思忖、平生稀见。迓重来、携我同游，水乡行遍。　　轻尘浥露，晓色催更，绿波荡潋滟。远近客、四方云集；共赏鱼鹰，品万三蹄，纵欢迎饯。持竿曲岸，空喧栖雀，沈厅游客重开宴。羡情人、约会双桥畔。西南夕照，渔灯水巷如梭，拱虹泛碧光绚。　　全福讲寺，道观澄虚，敬心香一瓣。拂案几、尘根皆净，慧觉真如；一点灵犀，笔端千卷。芸芸荟萃，流连方寸，乾坤千载终一念。但心期、天遂苍生愿。春秋碑载功勋，誉骋江南，复兮震旦。窗体顶端。

观鱼解牛

政治题材诗词创作浅议

上海诗词楹联界庆祝中国共产党成立一百周年主题座谈会上的发言

● 杨逸明

有人把中国古代诗歌分为三大部分九个类型：一、人与人之关系：亲情诗、友情诗、爱情诗；二、人与自然之关系：山水诗、田园诗、咏物诗；三、人与社会之关系：咏怀诗、咏史诗、时政诗。诗词创作的题材大致已经包括在内了。

其中“时政诗”就是政治题材的诗词作品。诗词创作反映现实社会避免不了重大政治题材，这样的诗词往往通过一个角度切入来触及时事，展示当代社会生活，深入开掘其中的历史内容和思想意义，同时又把生活中人们普遍关心的问题提升到一个充满诗情和哲理的境界，这样的诗词往往具有强烈的激情和鲜明的政治色彩。

我国历史上第一首政治抒情诗就是屈原的《离骚》。屈原写理想抱负忠君报国，却以美人芳草作比喻和象征。

从《诗经》中的《硕鼠》，到杜甫的《三吏》《三别》《北征》，再到岳飞的《满江红》、陆游的《书愤》，写的都是重大政治题材。

写重大题材的诗，要把自己放进去；写个人感情的诗，要从小圈子里跳出来。

写政治题材的诗词应该注意以下几个问题：

一、独立思考力

诗人要有自己独立的见解，而不是人云亦云，也不是浅表性地重复人人皆知的观点。作为诗人，即使是在写关乎民生民情大事的题材时，诗词创作仍是一种个人的艺术行为。诗人想写作成功，就必须立足于诗词的创造性自由发挥，在独特的艺术表现中实现自身的独立的观察和思考，表现卓有见地的思想。否则，这样题材的诗词，很容易“千人一面”和“众口一词”。

二、真情实感

诗人切忌借助诗词的艺术形式来做“假大空”的文章。写诗既是个人的，“小我”的，也是表现“大我”的，所以一定要真正符合民心。感情是不能伪装的，装腔作势总是会露馅的。不能光强调个性而过于“矫情”，变得“另类”，变得“离群”。有些诗违反人情人性，一味追求满足某种政治上的需要，缺少真情实感，就很难写出打动人心的作品。

三、艺术表现力

要艺术地表现现实生活中的重大题材。诗词讲究形象思维，切忌使用概念化的语言。要用诗的手法，而不是用写论文的手段。艺术手法大致可归纳为以下几种：

1. 大题小作，化抽象为具体。

诗要反映现实生活，可以写大题材，也可以写小题材。我一般提倡“大题小作”和“小题大做”，如果“大题大作”，反而吃力不讨好。如果题材太重大，我们不妨找一个“形象大使”作为力所能及的描述对象，从小处着手，反而会收到意想不到的艺术效果。

2. 炼意炼句，化熟悉为陌生。

当代要创作政治题材的诗词，绝对不能写成报刊的“社论”或者“评论员文章”，不能空洞的说教，重复陈述大家早已明白的道理。语言上要造出一种熟悉的陌生感。

3. 发挥想像，化质实为空灵。

诗词创作需要展开想象的翅膀，不能就事论事，拘于一时一事，太质实而无空灵感。

4. 构思细节，化空腔为实在。

写诗有时需要描写一些细节，不能太空腔不实在。运用细节描写，能够使诗歌走出平庸，平中见奇，有点铁成金之妙。

以上四点，是我的诗词创作心得。试举拙作一首为例：

游香港口占

维多利亚港湾游，恰值回归九度秋。

衣袋叮当掏硬币，已难寻见“女王头”。

香港回归九年我游览香港，见到变化的地方很多。我这一首小诗只写了一件小事，一个细节，掏硬币时发现口袋里全是紫荆花图案的，已经没有了英国女王的头像。说明一个屈辱的时代已经过去了。我觉得这很有代表意义，就写了这首绝句。

袁枚说：“诗虽奇伟，而不能揉磨入细，未免粗才。诗虽幽俊，而不能展拓开张，终窘边幅。”写诗需要有“揉磨入细”和“展拓开张”的功夫。写重大题材，正因其“重”而且“大”，才需要用“轻”和“小”的手法，使之灵动起来。

相信经过当代诗人们对于诗词创作不断的探索和实践，一定会写出反映我们现实社会重大事件的无愧于我们这个时代的优秀诗词作品来。

勤于笔耕，更创佳绩

上海诗词楹联界庆祝中国共产党成立一百周年主题座谈会上的发言

● 许丽莉

各位老师、诗友：

下午好。很荣幸我的一组四首小诗忝列“百年伟业”征文活动的名次。

这四首诗分别是从腐朽旧中国到中国人民站起来、富起来、强起来四个方面，从人民生活状态的变化来反映中国共产党的百年奋斗历程。

从《诗经》算起，我们中华诗词已有三千多年的历史了。诗词是中国优秀传统文化的重要组成部分，历经洗礼变化，没有中断，一直是璀璨的、耀眼的。诗词作为记录生活的一个载体，记录下的诸多事件触发的诸多情感、诸多思考，可以说是个人的，也是大众的。所以，用诗词创作的形式，记录个人生活的同时，也是在记录时代。

我们当下，恰逢一个从未有的伟大的时代。所谓的“主旋律题材”“红色文化”，其实正是时代的感召和呼唤，在写作过程中，也会感受到内心的呼应。能用创作格律诗词的形式，来表达我们和时代之间的互动，这也是诗词写作者的荣幸。

对于我而言，用心生活，写生活中的点滴所见、所思、所感，既是诗词创作的初衷和目的，也是写作过程。

我是医务工作者，去年新冠疫情焦灼的时候，我写下过几首诗词，在援鄂战士们去武汉、在武汉前线、回上海的时候，当时大家都说鼓舞士气，后来同事们也以朗诵、舞台表演等一些形式，将这些诗词在医院、大学等场合汇报演出。现在想来，觉得那时的自己有点战争年代文艺兵的味道。这段写作经历，让我特别深刻意识到，响应时代呼唤、响应时代所需而写作的重大意义。

我在单位里，是内科支部的支部委员，承担着一部分的党务工作。这两年在支部内，也带头学习四史、党史，在学习中，思考总结，就愈加有了写这样一组诗的想法。诗词终究是来源于生活，并回馈生活的。

值此建党百年之际，祝愿自己和各位诗友不忘写作初心，勤于笔耕，更创佳绩。和大家共勉！

我写建党诗的体会

上海诗词楹联界庆祝中国共产党成立100周年主题座谈会上的发言

● 张立挺

我们今天所看到的当代诗词何其多也。上有时代风云，家国大事，下有朋友交往，身边琐事，都在表达诗人的精神世界。可以说，世事万物，都可入诗。这些不同的作品，根据不同的内容，有侧重文采的，有侧重哲理的，有侧重情感的，不同的内容，可用不同的写作方法。但归根结底，诗是表达心声的，即用心声来反映诗题。在今天面对红色文化资源，尤其是在建党百年的创作中，则应侧重于情感的表达。这个情感，就是对中国共产党的热爱，对革命先烈的缅怀，对英模人物的崇敬，对取得伟大成就的骄傲。所谓从情感上表达，就是要动之以情。如果作品连自己都感觉不到，就得考虑重新安排素材，调整思路和角度，甚至于调换韵部。总之，要将感动的眼泪，从心里流到诗里。

当然，要写好一首自己认可的诗，还要注意到写诗的一般要求。当我看到上海诗词学会征集庆祝当年建党诗的通知后，心潮就开始翻滚。但就是迟迟下不了笔。尽管情感有余，但受到了“熟”和“俗”的干扰。所谓熟悉的“熟”，就是老句子，老面孔，一看到题目，不召自来。所谓通俗的“俗”，就是缺少了诗意的白话句子，如一般成语或概念句。在以前，我们用惯了豪言壮语，认为很符合自己的心情。但往往是既“熟”又“俗”。为避免干扰，所以直到截稿前一月才开始动笔。写作过程中，尽量避免一般化的内容和语言，而突出自己的个性，写自己真情实意的感受。

下边这三首七律，总题目就是《庆祝中国共产党建党一百周年》：

一

风云激荡百年稠，党史宏篇笔触遒。
血肉三千万魂魄，烽烟二十八春秋。
红旗蔽日江山改，奴隶翻身志愿酬。
家国今朝看巨变，中华挺立傲全球。

二

炮鸣十月送晨曦，北李南陈举大旗。
九死一生驱旧制，千难万险奠新基。
文明古国鲜花艳，华夏东风骏马驰。
今对镰锤高挂处，举杯美酒庆期颐。

三

十月炮声传海陬，镰锤从此耀神州。
一艘画舫平千浪，百里云冈奠万秋。
家国牺牲多壮志，江山艳丽更风流。
期颐之日高歌唱，为达初心四化酬。

我们说过，写作政治题材的诗词，可以大题小做，即通过具体事物来反映大题材；也可以小题大做，一件小事放到大形势下去分析。我这里采取的是大题大作，站在整体的位置来布局。

从写法上看，三首七律的首联起笔都从建党开始，尾联是描写百年后的今天，中间是百年的内容。

建党百年分两个部分，前廿八年的革命斗争史，后七十二年的革命建设史。作为律诗主体部分的二副对仗，我将三首诗的颔联，内容都着重反映廿八年的革命斗争史，颈联都着重反映七十二年的革命建设史。当然，都不作直接描写，运用的都应当是比兴手法，力求增加诗的意韵。

缅怀与追问

上海诗词楹联界庆祝中国共产党成立100周年主题座谈会上的发言

● 王令之

正逢中国共产党建党100周年，党史题材成为诗词创作热点之一。波澜壮阔、可歌可泣的百年党史，背景宏大，题材很多。觉得想用传统诗词形式表达好这个主题，道出诗人真实的所思所感，于我本人并非易事。要摆脱悬浮的、生硬的、抽象符号化的樊篱，即便作一首小诗也得肯下功夫的。

创作缘起。在诗友们鼓励下，我先写了几首咏史题材诗，总觉得还跳不出泛泛而谈的通病，难以沉浸于衷，更说不上达到思想和艺术的深度。毕竟我们不是党史学者，更不是许多重大事件同时代人，亲历经验很少。虽然接触了一些党史读本及各种史料，革命史、建设史等方面深入的理性认知和感性体验还是比较少。如何用诗词表现有血有肉的党史人物、事件，抒发真情实感，落笔总有些纠结，写出来的东西也规避不了“隔”。因此我觉得自己没必要盲目攀比作品数量，而是要去关注鲜活的红色资源，聚焦尽可能具象化的场景和题材，越获得具象感就越能接近历史和现实的现场，触到地气，才能入心和动情。所以，一旦当我们踩到了某个生发共情的点儿上，也就有可能让心底流出的诗句呈现最鲜活的地气。

身处上海这片建党出发地，越来越多的红色资源场景涌入我们的视野。我有心发掘素材中革命者真实的身影及分布于市井深处的党的秘密机关旧址和先贤生活过的地方。比如我曾关注到当下逐渐成为网红的云南路上一家昔日布店旧址，写了七律《访云南路中共中央政治局旧址口号》，讲述共产党员假扮夫妻英勇对敌的传奇故事。而读到罗亦农烈士事迹，眼前又一亮。北京西路银发大厦，我最熟悉的退休干部活动场所，竟然与罗亦农最后的革命生涯有关。选择罗亦农素材和这个地标，自己很有亲切感，且可避免拙句与一些题材相近的作品"撞衫"。于是"追剧"开始。罗亦农（1902—1928），出生于湖南省湘潭县。原名罗善扬，字慎斋，后改名亦农。中国无产阶级革命家，中国共产党早期重要领导人之一。1916年，罗亦农考入美国人在湘潭创办的教会学堂，后在陈独秀的启迪下，加入社会主义青年团。在莫斯科东方大学学习时，加入中国共产党。回国后参与领导五卅运动、省港大罢工、上海工人第三次武装起义。历任中共中央长江局书记、临时中央政治局常委、中央组织局主任、中共中央政治局委员、常务委员。1927年，罗亦农与瞿秋白一起拟写《党纲草案》，准备工作基本就绪，即将赴莫斯科筹备召开中共"六大"。1928年4月15日，因叛徒出卖，在上海公共租界内戈登路望德里被租界巡捕逮捕。21日英勇就义于上海龙华，年仅26岁。罗亦农在狱中写下绝命诗：

慷慨登车去，相期一节全。
残躯何足惜，大敌正当前。

写下绝命诗的第六天，罗亦农在龙华刑场英勇就义。牺牲后第二天，上海《申报》刊文称：临刑前的罗亦农"身穿直贡呢马褂，灰色哔叽长袍，衣冠甚为整齐，态度仍极从容，并书遗嘱一纸"。正若《九歌·国殇》之"身既死兮神以灵，魂魄毅兮为鬼雄"。士之将死，以诗明志，这要一颗何等强大的心脏才能得以支撑！他笔端流出的是凛然正气，是掷地有声的诗句，是英雄的壮歌。全诗短短二十字，字里行间充盈将生死置之度外的家国情怀，诠释了共产党人的理想、信念、气节和价值观，对生命意义做出了最崇高的哲学解读，值得后人流传和歌颂。我们不禁拷问自己，中共先驱怀持崇高理想、为人民事业和新中国诞生赴汤蹈火，视死如归，如此坚定的理想信念和忘我精神，难道不正是最值得后来者景仰和追随的吗？

遗诗句句泣血，声声悲壮，细思其意，令人扼腕。遂作一律：

读中共先贤罗亦农烈士绝命诗

青史观澜追典范，高吟罗氏五言诗。
生前赤胆无私念，死后忠魂有壮辞。
烈士捐躯依信仰，先贤矢志播真知。
曾居望德今安在？碧树丛中蕴慰思。

（原载《百年丰碑》上海诗词楹联界庆祝中国共产党成立100周年专辑）

笔者读绝命诗，考烈士生平事迹，进而钩沉史海，追忆先贤精神品格，沉浸其中而深为感动，因而获得创作激情，正是学史、学诗一得。七律形式并不复杂，但是诗意提炼和技术运用上也不能马马虎虎。表达上跟着时空维度的转换和主客观真实感受走起，是构思这首小诗必须时时顾及的。拙律开篇由大及小、由远及近切入主题。首联之“青史观澜追典范，高吟罗氏五言诗”是也。

七律字数容量有限，颔联“生前赤胆无私念，死后忠魂有壮辞”，颈联“烈士捐躯依信仰，先贤矢志播真知”，达不到惜字如金，却也必须在七律有限的空间浓缩烈士事迹精神之真谛，彰示慷慨赴死保全气节、不惜残躯勇对大敌、以舍身死国的壮举，歌颂中国共产党伟大建党精神。两联力循律诗规则，尽量以相对工整的对仗可展现修辞美，表达了对烈士精神境界的崇仰。

笔者写作时深深体会到，我们生活在上海，有幸对建党初期党组织和领导人在上海的活动进行近距离追寻，有机会走近先贤从事革命活动的第一现场，从历史场景中找到诗意勾连。罗亦农被捕地点在戈登路望德里。戈登路今为北京西路，望德里已拆除，旧址现为银发大厦。这个有剧情的地方，今天不见了石库门，没有了原住民，望德里遗址标志不明显。而街上车水马龙，路人行色匆匆，绿树丛中一块不大的碑石静静竖立。繁忙的都市人无暇驻足细赏景观，多数人不清楚曾经发生的故事。假设当年从这里押上警车的罗亦农活到今天，面对太平盛世和平繁华景象，此时将作何感想？老望德里已经远去，烈士大义凛然“慷慨登车去”的景象浮现我的脑海，久久沉浸于追思之中，试图动用时空跳转的审美意象和形象化表达手段，聆听历史回响，直抵诗歌内涵与现实生活的契合点。此刻不禁追问“曾居望德今安在”？末句“碧树丛中蕴慰思”。意犹未尽，戛然而止。留下欲说未尽的感慨。

图书在版编目（CIP）数据

心海诗潮 / 上海诗词学会编．-- 上海：上海三联书店，2022.1

（上海诗词系列丛书）

ISBN 978-7-5426-7579-8

Ⅰ．①心… Ⅱ．①上… Ⅲ．①诗词－作品集－中国－当代 Ⅳ．①I227

中国版本图书馆 CIP 数据核字（2021）第 223340 号

心海诗潮（上海诗词系列丛书 · 2021 年第 2 卷）

名誉主编 / 褚水敖

主　　编 / 胡晓军

编　　者 / 上海诗词学会

责任编辑 / 方　舟

特约审读 / 周大成

装帧设计 / 鼎　右

监　　制 / 姚　军

责任校对 / 张大伟　王凌霄

校　　对 / 莲　子

统　　筹 / 7312 · 舟父图书传媒工作室

出版发行 / 上海三联书店

（200030）中国上海市漕溪北路 331 号 A 座 6 楼

邮购电话 / 021-22895540

印　　刷 / 上海惠敦印务科技有限公司

版　　次 / 2022 年 1 月第 1 版

印　　次 / 2022 年 1 月第 1 次印刷

开　　本 / 787 × 1092　1/16

字　　数 / 200 千字

印　　张 / 12.75

书　　号 / ISBN 978-7-5426-7579-8/I · 1738

定　　价 / 36.00 元